科学、文化与人 经典文丛

科学的星空

郭曰方 著

——郭曰方朗诵诗选

科学普及出版社
·北京·

图书在版编目（CIP）数据

科学的星空：郭曰方朗诵诗选 / 郭曰方著.
— 北京：科学普及出版社，2013.2
ISBN 978-7-110-08005-4

Ⅰ.①科… Ⅱ.①郭… Ⅲ.①诗集－中国－当代
Ⅳ.①I227

中国版本图书馆CIP数据核字（2012）第307782号

出 版 人：	苏　青
策划编辑：	苏　青　徐扬科
责任编辑：	吕　鸣
山水画插图：	郭曰方
人物画插图：	杜爱军
装帧设计：	耕者设计工作室
责任校对：	刘洪岩
责任印制：	李春利

出版发行：	科学普及出版社
地　　址：	北京市海淀区中关村南大街16号
邮　　编：	100081
发行电话：	(010) 62173865
传　　真：	(010) 62179148
投稿电话：	(010) 62176522
网　　址：	http://www.cspbooks.com.cn

开　　本：	787毫米×960毫米　1/16
字　　数：	210 千字
印　　张：	13.25
版　　次：	2013年7月第1版
印　　次：	2013年7月第1次印刷
印　　刷：	北京中科印刷有限公司
书　　号：	ISBN 978-7-110-08005-4/Ⅰ·304
定　　价：	36.00 元

（凡购买本社图书，如有缺页、倒页、脱页者，本社发行部负责调换）

作者简介

郭曰方，1941年出生于河南省原阳县，高级编辑，中国作家协会会员，享受国务院政府特殊津贴。曾任中国驻索马里大使馆外交官、方毅副总理的秘书，《中国科学报》总编辑，中国科学院京区党委副书记、中国科学院机关党委书记，全国科技报研究会副理事长、中国科普作家协会副理事长。现任中国科学院文联主席、中国科普作家协会荣誉理事。

出版诗集、散文集、纪实文学、思想理论、科普等各类著作80余部，组织策划、编审、撰写各类著作200余部，策划、编审、撰写电视文献片40余集。在中宣部、教育部、团中央、中国科学院、中国科协及有关省市委宣传部的支持下，曾在北京及全国重点高校举办"郭曰方诗歌朗诵演唱会"40余场，引起热烈反响。2012年5月在北京举办了《郭曰方书画展》，获得社会各界好评。2013年出版《郭曰方画集》。

北京市抗癌明星；多次荣获模范共产党员、优秀共产党员、优秀党务工作者、中国科学院先进工作者、金辉老人称号；曾获"建国40年来有突出成就的科普作家"、"中国科普作家协会四大以来有突出贡献的科普作家"称号；2012年5月荣获北京市首届科学传播人终身成就奖提名。第六次、第七次全国作家代表大会代表。作品多次获奖。

自序

32年前，当突如其来的癌症将我击倒，我第一次感受到生命的短暂。那是一个寒冷的冬天。我躺在医院的病床上，独自想着自己的心事，突然看到窗外的枯树枝上摇曳着一片树叶，它在寒风中颤抖着、旋转着，任凭狂风呼啸，百般摧残，却顽强而执着地依附着树枝，傲视苍天，以优美的舞姿和窃窃私语面对凶残，似乎在期盼着春天的来临。我想，它一定是在痴恋着那哺育它成长的大树，和眼前这明媚的天空。它一定是听到了春天的脚步声，闻到了花草的芳香，所以，才这样坚强而勇敢地面对冰天雪地，无所畏惧地瞩望明天。顿时，我的心灵被深深地震撼了。也许，正是这种诗意的奇妙启示，给了我与疾病斗争的勇气和力量，我的心胸豁然开朗起来，进入了"山重水复疑无路，柳暗花明又一村"的境地。

我才39岁，不能这样轻易地被癌症击倒，我必须在有限的时间里用我喜爱的文学作品，去充实我的精神家园。艺术，能够净化心灵；艺术，可以陶冶性情。生活是这样美好，这样值得珍惜，这样叫人依恋。生命是有限的，在有限的时间里能够多做一些事情，就等于延长了生命。于是，我又一次萌发了写作的冲动。

我长期在科技部门工作，全部文学创作活动始终围绕着科技题材。有的记者曾经问我，是什么力量促使我写了这么多讴歌科学、讴歌科学家的作品。我总是这样做答：一是科学家的精神，他们在极端困难的条件下，立志报国，献身科学，他们的品格、人格和精神，已经成为我克服困难，去争取胜利的人生坐标；二是对人生价值的理解，人的生命总是有限的，其长不过百年，名和利都是过眼云烟，唯有奉献和创造才是永恒的；三是对科学与艺术的追求，科学是理性的逻辑思维，艺术是抒情的形象思维，二者相通相融，不可分割，就像一枚硬币的两面，都放射出耀眼的光芒。科技工作的长期经历，对诗歌创作的不懈追求，使我有了一种用艺术表达科学的冲动，有了描述科学的责任感、使命感。

71年的人生历程，我经历了旧中国的苦难辛酸，又目睹了新中国的蓬勃发展，我的许多作品都蕴含着对党的无限忠诚和对真善美的追求。历史和今天，现实和未来，光荣与耻辱，丑恶与美丽，带着这种深刻的思索，我总想把自己的所见所闻，用散文、诗歌呈现出来，与读者分享。

我期待并努力用艺术表达科学。科学与艺术结合是时代发展的必然趋势。这是因为：

一、科学与艺术有着共同的追求

科学是反映自然、社会、思维等客观规律的知识体系和智慧结晶。通过对这些事物发展规律以新的认识和抽象，寻求客观真理的普遍性，是科学追求的目标；艺术是反映人类现实生活和表现人类思想感情的一种社会意识形态。通过对自然与社会中人类活动的认识和表现，寻求"真善美"的普遍性，是艺术追求的目标。由此可见，科学与艺术在反映的客观对象上虽然并不相同，但是，它们的追求目标在很多方面却是相同的。它们都属于人类文明的结晶和认知思维，属于人类文明的精华组成部分。

二、科学与艺术都钟情于创造性的劳动

创造和创新是科学艺术的灵魂。李政道先生有一句名言："科学与艺术是一枚硬币的两面，联结它们的是创造性。"这既是科学定理，又是艺术规律。因循守旧，人云亦云，墨守成规，照抄照搬，是科学艺术发展的绊脚石。相反，敢于标新立异，敢于异想天开，敢于超越，敢为天下先，不断进行创造性思维，是科学艺术取得突破、取得成就的巨大动力。的确，科学与艺术之间存在着一种无法抗拒的吸引力。这种吸引力主要表现在创造性和创新性。法国著名作家福楼拜说过："科学与艺术，在山脚下分手，在山顶上会合。"不断的创造和创新，使它们殊途同归，最终走到了一起。

三、科学与艺术都需要想象和灵感

科学需要幻想，需要灵感，艺术同样需要幻想，需要灵感。幻想与灵感是创造和创新的发动机。"众里寻她千百度，蓦然回首，那人却在灯火阑珊处"，讲的就是灵感。牛顿在看到苹果落地的时候，突然爆发了灵感，于是引发了关于万有引力定律的思考。著名画家吴作人的那幅《太极图》就是从正电或负电基本粒子的相互作用中获得灵感，完成了寓意深刻的杰作。如今已成了北京高能正负电子对撞机工程的标志。尽管每一位科学家、艺术家都有自己的个性和风格，他们探索和表现的对象不同，感受不同，但是，有一点却是共同的，那就是灵感和想象。

四、科学与艺术的发展都植根于时代的人文精神

人类科学文化与文明进步的历史，以无可辩驳的事实一再证明，科学与艺术的发展除了自身的内在规律外，与它所处的时代精神、人文精神有着直接而密切的关系。

五、科学的发展为文学艺术提供了广阔的表现空间

人类前进的脚步，已经从农业经济、工业经济，进入了知识经济时代。科学进步一日千里，科教成果层出不穷，科技活动如火如荼，科技人物各领风骚，讴歌科学精神，传播科学思想、科学方法和科学知识，是广大科普作家、文学艺术家、新闻媒体工作者面临的一项繁重而光荣的任务。文学艺术家应该积极深入生活，走近科学，亲近科学，表现科学，主动与科学家交朋友，学习他们的高尚品德，学习科学知识，积累创作素材，发现典型人物、典型事件，不断努力创作出优秀的文学艺术作品。

蒙科学普及出版社之约，出版我的两本自选集。这两本诗歌散文随笔集记述了我的人生历程，也是我在科学与艺术结合创作道路上的初步尝试。生命不止，我会继续努力前行。感谢科学普及出版社社长苏青、总编辑颜实给予的鼓励和支持。

郭曰方
2013年1月12日于北京椿楝斋

目录 CONTENTS

自　序

爱的地平线

昨天・今天・明天 …………………………………… 2
生命　原本是一条又长又宽的河流 ………………… 4
金色池塘 ……………………………………………… 5
给你 …………………………………………………… 6
送别 …………………………………………………… 8
眼睛 …………………………………………………… 10
寄月今宵 ……………………………………………… 11
新荷 …………………………………………………… 13
春夜 …………………………………………………… 14
赠别 …………………………………………………… 15
相别在冬夜 …………………………………………… 16
茶社 …………………………………………………… 18
烛光 …………………………………………………… 20
千年等候 ……………………………………………… 22

古韵今风

谒西夏王陵有记 ……………………………………… 26
嘉峪关的黄昏 ………………………………………… 28
橘子洲头 ……………………………………………… 30
走出童年 ……………………………………………… 32
黄河柳 ………………………………………………… 34
漂泊者 ………………………………………………… 36
暮归 …………………………………………………… 38
地基 …………………………………………………… 40
地铁 …………………………………………………… 42
我是一块煤 …………………………………………… 43
围棋 …………………………………………………… 45

目 录
CONTENTS

科学与祖国

共和国科学之旅
　　——写给科学与祖国的颂歌 ……………………………… 48
为中国喝彩 …………………………………………………… 68
中华情 ………………………………………………………… 72
历史性的跨越
　　——祝贺嫦娥一号卫星发射成功 ………………………… 77
献给中原大学生的赞歌 ……………………………………… 81
从这里再次出发 ……………………………………………… 86
地球，一颗美丽的星球
　　——写给"世界地球日" …………………………………… 90

科学的星空

炽热的岩浆，冲出地层
　　——献给李四光院士 ……………………………………… 96
一生，都在与大地谈心
　　——献给竺可桢院士 ……………………………………… 99
丰碑，矗立在滔滔江河之中
　　——献给茅以升院士 ……………………………………… 103
在科学与民主决策的前沿阵地，他是一位英雄
　　——献给梁思成院士 ……………………………………… 107
你把一生，毫无保留地献给了妇女儿童
　　——献给林巧稚院士 ……………………………………… 111
大爱，使你有了山的巍峨、海的狂澜
　　——献给周培源院士 ……………………………………… 115

目 录
CONTENTS

手推车的轮子，徐缓而沉重地滚动着
　　——献给高士其先生 ··119

人民不会忘记
　　——献给郭永怀院士 ··122

人生，是一道算不清的数学难题
　　——献给华罗庚院士 ··126

梦想，化作椤梭江奔腾不息的波涛
　　——献给蔡希陶院士 ··130

箭击长空，他用攀星摘月的勇气写下气壮云天的诗篇
　　——献给钱学森院士 ··134

你用生命的原子核，谱写祖国的繁荣富强
　　——献给钱三强院士 ··138

在历史的反光镜中，你看到了科学家的使命
　　——献给王大珩院士 ··142

你炽热的目光，足以融化天山的冰雪
　　——献给施雅风院士 ··146

你用生命，谱写壮怀激烈的诗篇
　　——献给邓稼先院士 ··150

碧血红花，簇拥着你的微笑
　　——献给彭加木先生 ··155

一生的心血，都揉进了"杂交水稻"的芳香
　　——献给袁隆平院士 ··159

三十年的心血汗水，凝聚成一座宏大的育种工程
　　——献给李振声院士 ··163

你把生命的热血，注入了机器人的梦想
　　——献给蒋新松院士 ··167

一个中国人的名字，被写进世界数学史的经典
　　——献给陈景润院士 ··171

他的名字，感动了中国
　　——献给钟南山院士 ··175

目 录 CONTENTS

你眼前耸立的，是数字与符号密布的丛林
　　——献给王选院士 ……………………………………179

你把每一寸光阴，都交给祖国的光学事业
　　——献给蒋筑英先生 ……………………………………184

为民族的伟大事业添砖加瓦，你感到无比幸福
　　——献给韩启德院士 ……………………………………188

长风破浪，你坚信目标就在前方
　　——献给白春礼院士 ……………………………………192

为祖国的未来而飞，为人类的未来而飞
　　——献给航天英雄杨利伟 ………………………………196

爱的地平线

昨天·今天·明天

有人说　人生只有三天
昨天　今天　和明天

昨天
无论是凄风苦雨
还是阳光灿烂
无论是耻辱磨难
还是荣耀光环
都已随风而去
犹如过眼云烟

今天
太阳照样从东方升起
道路依然向远方铺展
荆棘泥泞也好
关山万重也罢
你还必须　一步一个脚印
脚踏实地走向明天

而明天
是一片迷人的彩霞
一道靓丽的风景线
看似很远　其实很近

爱的地平线

它总是充满着期待和希望
远在天边
向你发出深情的呼唤

啊　朋友　走出昨天的门槛
抓住今天每一寸光阴
跨上通向明天的征途
一天　一幅风景
一处　一座驿站
用你的脚印
用你的目光
把昨天　今天　和明天
编织成人生最美最美的花环

生命
原本是一条又长又宽的河流

生命　原本是一条又长又宽的河流
从起点　到终点
有数不尽的河汊　和港口

也许　那沉沉暗夜
我们在礁丛中　迷失路径
也许　那离离白昼
我们在花丛中　徘徊停留
当青春的风帆　悠悠滑过
那永不复返的岁月
总有　一些美丽的漩涡
留在身后

啊　河流　当你负载着我们
滔滔地汇入大海　沙滩上
为什么潮起潮落
总也没有　平静的时候

爱的地平线

金色池塘

许多往事都已老去
只有　只有那金色池塘
依然那样年轻　而美丽

那一首没有唱完的歌
飘过高高的相思林
那一个没有猜出的谜
消失在流泪的雨季

站在塘边　站成了
一个冬天的雪人
我终于没有能够
说出那个字　终于没有
告诉你　锁在心头的
那个秘密

许多往事都已老去
只有　只有那个秘密
依然那样年轻　而美丽

给 你

在茫茫人海
我遇见了你
从此　我不再流浪
你不再孤寂
无数个黑夜与黎明
看爱的星空闪烁
迎爱的朝霞升起
在爱的地平线上
我和你　并肩而立
感谢上苍　赐给我
温柔善良　活泼美丽的你
莫非是前生缘分注定
今生今世　我和你
要喜结连理
任花开花谢
看潮涨潮落
我们　如星月相伴
似莲荷并蒂
或云里雾里
或山川平地
我们　形影相随
不离不弃

爱的地平线

前行的路　纵然
还会有　沟沟坎坎
风风雨雨
我们都将会
一起面对
无所畏惧
手牵在一起
心贴在一起
与幸福快乐
永远　相偎相依
虽然　有时我们也会
暂时小别
但是　无论走到哪里
你我都在彼此心里
是的　我们把彼此的名字
已深深地刻在心底
无论怎样的狂风骤雨
也休想　将心爱的名字冲去
亲爱　亲爱的
春天　播下的种子
夏天　悄悄生长
秋天　收获甜蜜
经历了严冬的　冰雪洗礼
世界　将因为爱的恩赐
变得更加多彩而美丽

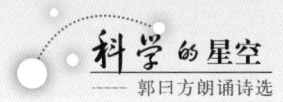

送　别

又是一次别离
思念　伴随着飞驰的列车
渐渐远去
熹微的晨光　轻轻撩起
梦的苦涩
枕巾上滚落的
是昨夜的泪滴
此刻　我只能对着
手机的键盘倾诉
将幸福的回忆　一幕幕
徐徐开启

为了那个夜晚
我们　在风里雨里
曾经苦苦地寻觅
萋萋荒原
茫茫人海
没有一条小路　通向
谜底
感谢上苍　赐给我
一柱烛光
倏然照亮　无尽的迷茫

爱的地平线

灯火阑珊处
竟站着　天使般的你

多少往事都已发生
多少美丽绽放心底
多少次月缺月圆
多少次倾心相许
爱的小路　在渐渐延伸
无论是从哪里来
还是到哪里去
路的这头是我
路的那头是你
高山　遮不住对你的思念
大河　流不尽对你的情意
此时此刻　当寒风揉碎路边的落叶
我心中竟吟不出一行　完整的诗句
只有　只有三个字啊　我爱你

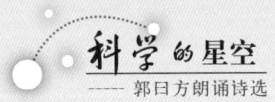

眼　睛

那是一双比说话还动听的眼睛
那是一双比微笑还迷人的眼睛
那是一双比湖水还深邃的眼睛
那是一双比星星还神秘的眼睛

眼睛里斟满了香醇醉人的美酒
睫毛上垂挂着变幻无穷的风景
目光中闪烁着含情脉脉的秋波
瞳孔里荡漾着绵绵不尽的柔情

那目光能融化亘古耸立的冰山
那眼神会擦亮浓云密布的天空
那顾盼能点燃痴情挚爱的烈火
那秋波会淹没坚不可摧的围城

我宁愿在你的目光中慢慢消融
我宁愿在你的眼神里滴滴纯净
我宁愿在你的顾盼里熊熊燃烧
我宁愿在你的秋波里涅槃重生

让狂风骤雨来得更猛烈些吧
让霹雳闪电发出交响的和声
看吧　贴着惊涛骇浪穿行的
永远是一只矫健勇敢的雄鹰

寄月今宵

千年跋涉
万载寻觅
踏遍天涯海角
穿过狂风骤雨
经历了无数生离死别
我们才　相聚今夕
茫茫霄汉中　可以与我
坦荡相照　形影相随的
能有几个知己

此刻　当你倏然撩起
那云影朦胧的面纱
深邃的眸子里　流泻出的
又总是默许

一次次　你用脉脉温柔
拭去　我面颊上的苦涩
一回回　你用殷殷慰藉
濡湿　我心中的孤寂
在枝摇残雪的冬夜　梅开几度
你是烧灼的思念
在桂花飘香的日子　秋水一色
你是圆满的希冀

一个微笑　就点亮
一片晴朗的天空
一束目光　就漾起
一圈迷人的涟漪

那么多甜蜜都已发生
那么多悲凄都已老去
唯有你的至爱　一如
这今宵的皓月
高高地悬挂在　我的梦中
辉耀得
这样明亮
这样美丽

爱的地平线

新 荷

鼓足勇气　在爱的季节
举一束玫瑰花
请你收下

头也不抬地跑向湖边
隔着柳帘偷看
水中那朵摇曳的荷花

当渐近的脚步声
敲击着我心中那面爱的小鼓
我真不知道
是藏在荷花丛中
还是钻入水下

春　夜

今夜无雨
只有梧桐树摇曳着残月
在窗外叹息

虫鸣　也加入了合唱
柔曼的旋律　忽高忽低
时断时续　犹如荷塘月色下
被风吹皱的层层涟漪

和衣躺下　反反复复
寻寻觅觅
竟被漫溢的花香
浸透了诗句　若问
春深几许　只需掐指细算
她的归期

赠　别

岁月如歌
友情似酒
人生的长河里　有多少
可以停泊的港口

此刻　当我们挥泪俯首送别
有多少想说的话　留在心头
那么多晓风残月
那么多细雨绸缪
那么多柳暗花明
那么多舞榭歌楼
一刹那　都化作这绵绵思念
和浓浓的离愁
拥有时　却茫然不知
逝去的　已无法停留
但不知明天　你又会
飘向哪座港口

举起酒杯吧　让我为你
鞠躬饯行　当潮水涌来的时候
缆绳的这端　永远站着一位
伴你闯过险滩的　真诚的朋友

相别在冬夜

也许我不该
那样匆忙地同你握别
一任飞旋的车轮
把圆满的黄昏　劈成了
两半世界
楼影　渐渐隐去
灯光　悄悄熄灭

爱的地平线

列车如此沉重而忧伤地
敲击着黑夜
顿时　泪水随着呼啸的风
飘向窗外　一时间
竟化作漫天纷纷扬扬的雪

啊　此刻　也许　你正在
雪中行走　你常说
瑞雪会带来丰收季节
或许　你正推开
那扇明亮的小窗
把寻求温馨的雪花迎接
那么　那么就让思念的线
紧紧地牵着我俩吧
待明年冰化雪消
我们再把　这裁剪的日子
缝合成高高的合欢树
树梢上　挂一轮圆圆的明月

茶　社

相视而坐　眸子里
有秋波荡漾
风　被挡在门外
茶香的馥郁　与
灯光的温柔
使我们忘记了旷野的荒凉
你的笑容　如天使般
在袅袅青烟中幻出
烟蒂　烧灼了指尖
那杯浓浓的香茶
却难以熄灭　我胸中
燃烧的渴望

细细咀嚼　你的娓娓诉说
一如春风掠过青山
点点滴滴　都在叶片上闪烁
多少次雨露风霜　才汇成
这雪浪花般美丽的海洋

举盏的人啊　请把我饮尽吧
让枯萎的花瓣
在你丰腴的心地上

爱的地平线

蓬勃开放
要知道　经过晾晒和烘烤的
针叶
会给你带来无穷的　韵味
而用心血培育的花蕾
才有今夜　这真正值得
永久珍藏的
芳香

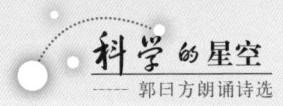

烛　光

夜色苍茫　只有烛光
串起的忧伤
点点滴滴　闪烁着泪花
在我的酒杯中流淌
举盏的人啊
你可知道　七月的热浪
是怎样残忍地
烧焦了我的期盼
等候得太久太久
可总也看不到　那雨的云影
也听不到荷塘月色下
那桨橹的歌唱

我多么渴望　那朵云
那朵会做雨的云
闪电般抖开　狂风的翅膀
扑面而来
但不知此刻
它又攀着那座山崖
飘向何方

烛光　只有这烛光

还在泪水中微笑
血液已经烧干　却依然
摇曳着微弱的喘息
守望着那破碎的夜空
它不相信
曾被暴雨疯狂过的热土
就这样　遍体鳞伤地
燃烧着欲火
走向死亡

千年等候

花期已过
午后的阳光下
我是最美丽的一朵
淡淡的心香
盈盈飘洒
浓浓的期许
艳艳似火
但不知恋花人今宵何处
任凭云弄风清
忍将一片片血红的思念
倏然飘落

为你燃烧
为你蓬勃
为你枯萎
为你寂寞
宁愿一次次错过花期
宁愿一夕夕空对山月
我只求拥有的　是那一段
最美丽的时刻
问你　问你　问你
你可知道

爱的地平线

这多刺的玫瑰
有多少锥心的疼痛
为了那疯狂的战栗
和许诺
即便是千年等候
等候千年
又算得了什么

■ 古韵今风

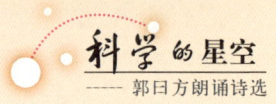

谒西夏王陵有记

风沙剥蚀了岁月
有多少深深浅浅的悲欢
都已灰飞烟灭
荣辱不再　盛衰不再
渐去渐远的马蹄声
已淹没在　贺兰山阙
唯有这斑驳的青苔
向路人　殷殷诉说着
那悲怆的往事
枯瘦的荒冢　面对朔风
和滴血的夕阳
终日诅咒着　一代朝纲的更迭

曾经是歌舞楼榭
曾经是杯盘狼藉
在路有冻死骨的荒漠上
矗立着　何等雄伟的帝王宫阙
泪在燃烧
血在燃烧
愤怒的狂飙　在西夏的土地上
凿出一道道
足以警示权势欺诈和腐败贪婪的训诫

古韵今风

水可载舟
也能覆舟
这亘古不变的定理　又一次
被历史　作出生动的诠解

那些想不朽的　却早已腐朽
而永远不朽的　是人民
和人民用泥土与血汗浇铸的华夏文明
当风烟散尽　在这里高高耸立着的
依然还是　那巍巍城堞　琅琅碑碣

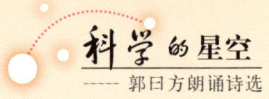

嘉峪关的黄昏

荒漠收起了野性
暮色在悄悄合拢
夕阳燃起星星的灯盏
夜幕映出了　城楼的剪影
戍关的将士远去了
已听不见　鼓角连营的
呐喊　唯有　叮咚摇响的
风铃　忽高忽低地
发出了　悠远的回声

背负着人间恩怨
越过了万里关山
或浴血沙场　或风雨兼程
一部千年奔袭的历史
在这里驻足沉思
纵有　雄关如铁
八面伏兵　也未能阻挡住
山河的破碎　和域外
频频吹来的　血雨腥风
经历了无数次　血与火的
洗礼　古老的长城

古韵今风

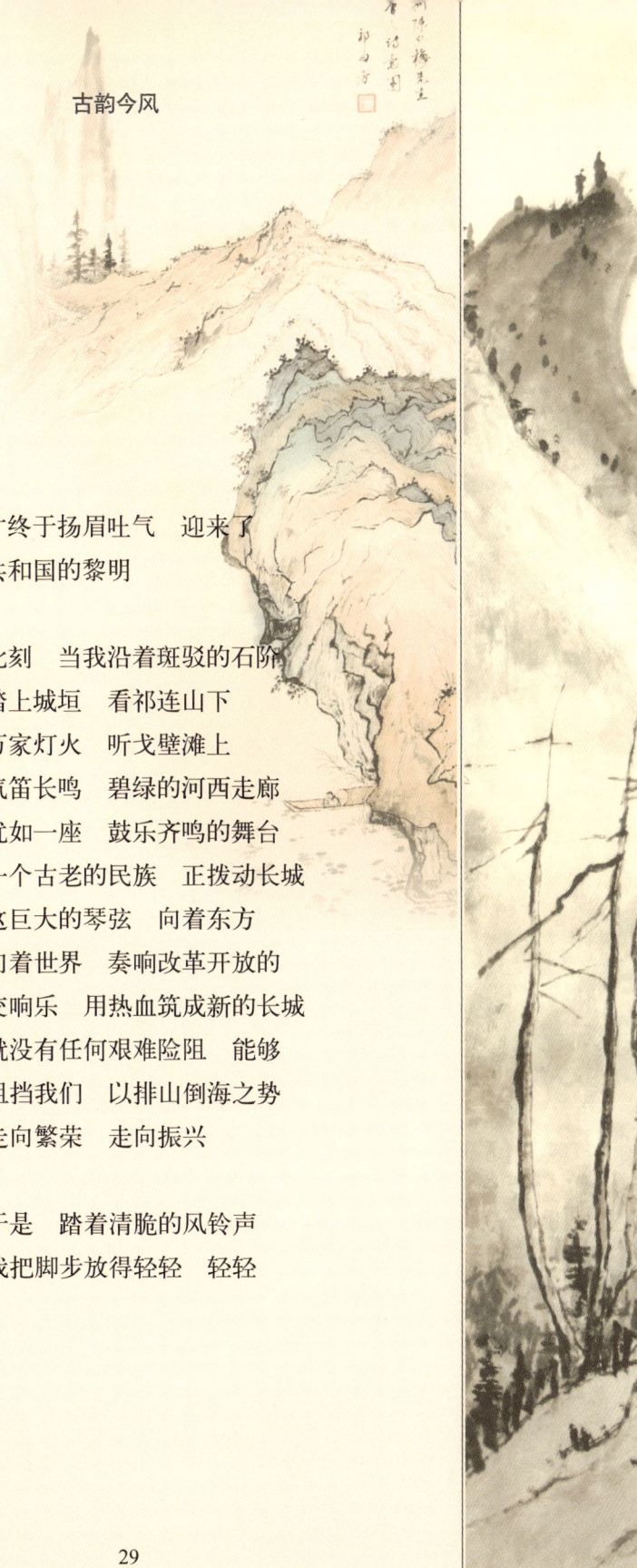

才终于扬眉吐气　迎来了
共和国的黎明

此刻　当我沿着斑驳的石阶
踏上城垣　看祁连山下
万家灯火　听戈壁滩上
汽笛长鸣　碧绿的河西走廊
犹如一座　鼓乐齐鸣的舞台
一个古老的民族　正拨动长城
这巨大的琴弦　向着东方
向着世界　奏响改革开放的
交响乐　用热血筑成新的长城
就没有任何艰难险阻　能够
阻挡我们　以排山倒海之势
走向繁荣　走向振兴

于是　踏着清脆的风铃声
我把脚步放得轻轻　轻轻

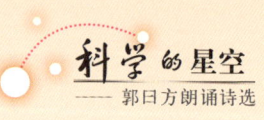

橘子洲头

夏日的午后
我披着阳光　风尘仆仆地
踏上橘子洲头
没有鱼翔浅底
没有鹰击长空
不见风华少年
不见浪遏飞舟
只有满园的橘子　青青的
挂在枝头
只有湍急的湘江　呼啸着
涛声依旧
高高的大槐树　犹如
饱经沧桑的老人
还在诉说着往事
那遒劲的树干　毕竟
遮不住　渔歌唱晚
新城风姿　和一重重
鳞次栉比的高楼

掬一杯清茶
权当醇酒
问湘江风烟
问橘园春秋

古韵今风

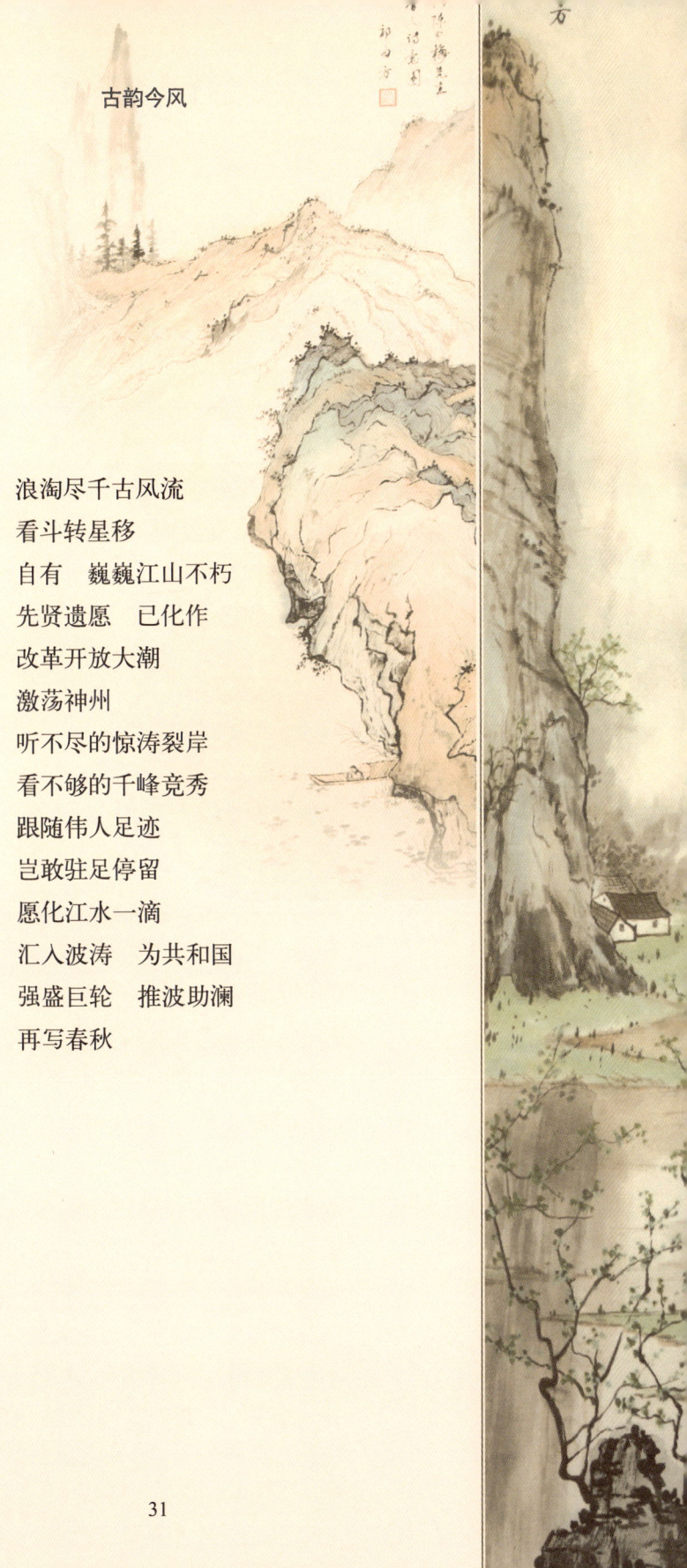

浪淘尽千古风流
看斗转星移
自有　巍巍江山不朽
先贤遗愿　已化作
改革开放大潮
激荡神州
听不尽的惊涛裂岸
看不够的千峰竞秀
跟随伟人足迹
岂敢驻足停留
愿化江水一滴
汇入波涛　为共和国
强盛巨轮　推波助澜
再写春秋

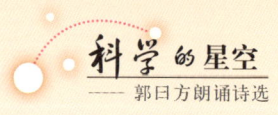

走出童年

走出童年　已经走得这样久远
可我怎样也走不出
那绵长的思念
此刻　当秋风正把落叶
铺满夕照的小路
那南归的雁阵　可已穿过
晚霞泼染的群山

摘一片秋叶
吹响　儿时爱听的歌谣
仿佛　又回到那月牙弯弯的夜晚
拾一片落红
抚平　往日那斑驳的记忆
仿佛　又钻进那绿肥红瘦的果园
母亲的纺车声　悠悠抽出
一个多么古老的故事
父亲的烟袋锅　吱吱点燃
一个多么漫长的冬天
黄河的帆影　载去了千古荒月
大树的年轮　嵌进了历史风烟
乡村的牧笛　时时都在心头缭绕
河滩的号子　依然还在耳边回旋

古韵今风

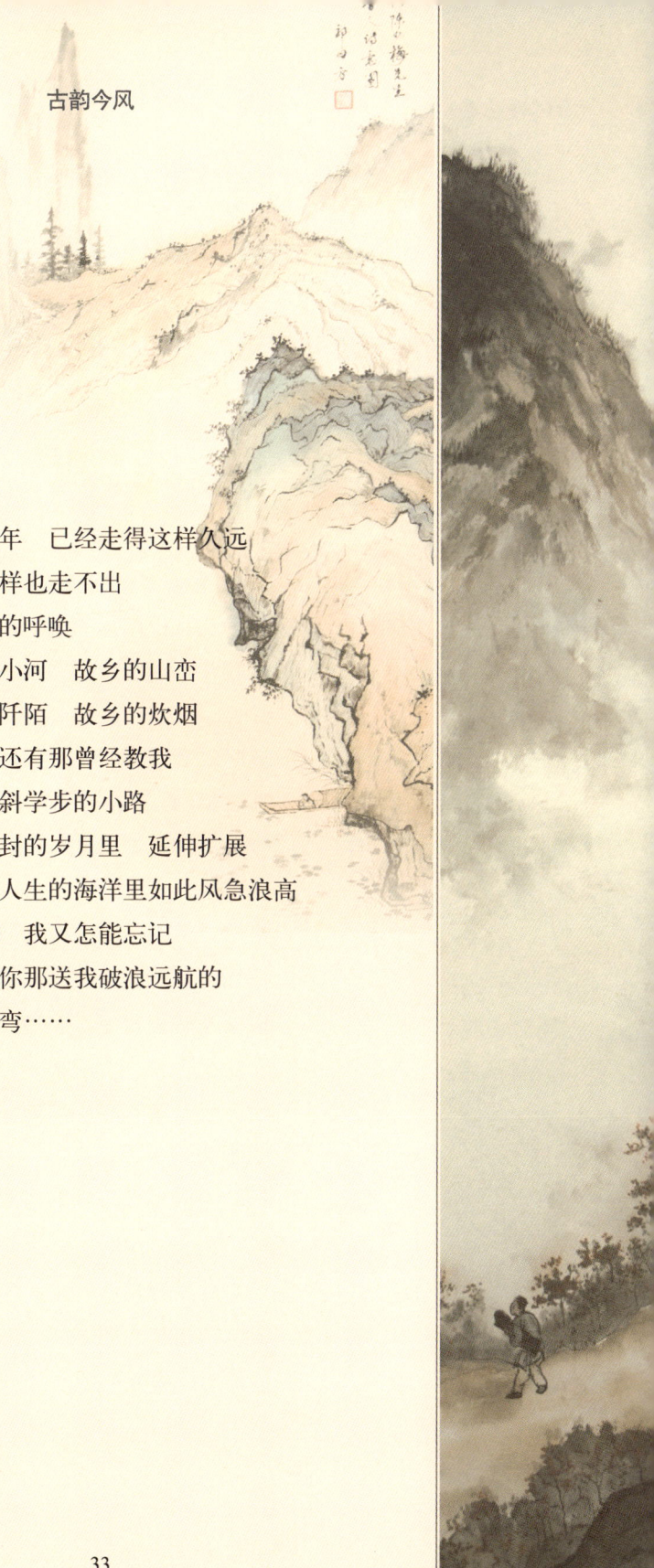

走出童年　已经走得这样久远
可我怎样也走不出
那深情的呼唤
故乡的小河　故乡的山峦
故乡的阡陌　故乡的炊烟
还有　还有那曾经教我
歪歪斜斜学步的小路
总在尘封的岁月里　延伸扩展
纵然　人生的海洋里如此风急浪高
故乡啊　我又怎能忘记
最初　你那送我破浪远航的
温暖臂弯……

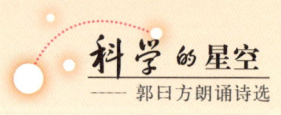

黄 河 柳

多少年了,
我未能返回亲爱的故乡,
但村头那棵翠绿的黄河柳,
却日夜在我心中摇晃。

儿时,我常常爬上它的枝枝杈杈,
吹着柳哨,
把黄河的帆影张望。

终于,父亲沿着金色的河滩走来,
背后,拖着长长的身影,
缓缓地融进村庄。

于是,茅舍收起了炊烟,
浓密的柳荫下,
顿时溢满了苞谷粥的清香。

我曾在那棵黄河柳下,
听爷爷讲述黄河变迁的故事,
听着,听着,就进入了甜蜜的梦乡。

古韵今风

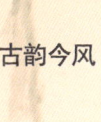

我曾戴着柳枝编织的项链,
扯着妈妈的衣襟,
羞怯地去上学堂。

记得,那一年天旱无雨,
全家,就靠着苦涩的柳芽、野菜,
才勉强度过了一场饥荒。

啊,黄河柳,
它覆盖着我多少蔷薇色的回忆,
它牵系着我们多少痴情热烈的向往。

啊,有一天,
当我踏上故乡的土地,
我会像儿时一样,
扑向那黄河柳啊,
紧紧地偎依在它的身旁。

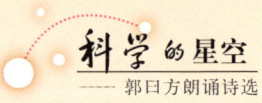

漂泊者

在异国的土地上
我是一片被秋风
卷起的落叶
悠悠地寻找着归宿
寻找着童年　寻找着离别
穿过血染的枫树林
踩着霜打的冰冷世界
我想起黄河
想起云霞一般美丽的荞麦花
在少女的发髻上　怎样
翻飞着追逐着故乡的彩蝶
啊　故乡的阳光
在弟弟的瓜皮草帽上
又是笑得多么热烈
我想起那秋雨绵绵的码头
为什么她流着眼泪却装出微笑
低下头　为远去的航船
解开缆绳
竟没有一句话为我赠别

我是一片被秋风
吹向大洋的落叶啊
心都碎了

古韵今风

还怕浪涛的呼啸吗
让海鸥啄食我吧
让礁石撕裂我吧
我呼唤着她的名字
从从容容地
向这漂泊的人生诀别

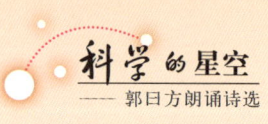

暮 归

黄昏　我踏上了归程
我把五十年的风风雨雨
大半生的凄楚苦痛
一起装进了背包
背包
像一座大山
在我肩头震颤
船　摇晃着
仿佛连它也无力承受
我这一身的辎重

终于　那捆绑我的锚绳松开了
随着汽笛的长啸
高耸的桅杆划破了黑暗的夜空
于是　我像儿时一样
伏在甲板上　倾听着大海的呼吸
轻轻地喊了一声　母亲
啊　我听到了隐约的回声
不知是泪水呢
还是多情的浪花
为我掀开湿漉漉的衣襟
海风　抚摸着我的白发

古韵今风

叹息声声

远处　天海一色

唯有依稀可辨的星光

闪闪烁烁

啊　此刻　纵然浪卷千尺

纵然云隔万重，又怎能遮住

我那祖国母亲盼归的眼睛

　　　1979年2月5日记于美国西雅图
　　　　　　1982年6月改于北京

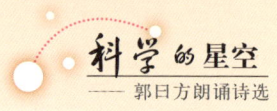

地 基

我不知道　除了建筑师外
还有谁　计算过地基的负荷
啊　一个平米　一个立方
承载着多少力的重托
看吧　那拔地而起的大厦
是怎样骄傲地昂首碧霄
而灿烂的太阳
闪烁的星座
五彩的流云
更是怎样微笑着
一次又一次从它肩头擦过
大厦是雄伟的
蓝天在这样的评说
然而　每一场突来的暴风骤雨
却不免引起我深深的思索
没有坚实的基础
它也许就会倒塌
是的　除了虚幻的梦境
从来就没有空中楼阁

古韵今风

于是　我仿佛看见
我们九百六十万平方公里的土地
就像一个巨大的基座
啊　十三亿人
不正是十三亿块坚硬的基石
在支撑着我们强大的祖国

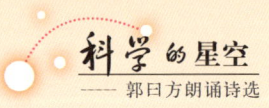

地 铁

从五千年的历史隧道里
呼啸而出　车轮与铁轨
一路上谈笑风生
想不到　钢与铁的交谈
竟也如此　充满柔情

一座站台
一道风景
整个世界　都在这里驻足
那些白皮肤的　黑皮肤的
黄皮肤的　眼睛
在温柔的灯光下
默默地　传递着友谊
人与人的距离　原本就该
这样亲密　这样接近
在狭小的空间　并肩而立
伴随着钢铁的轰鸣
让我们一起穿越
把仇恨　战争和贫困
甩在身后
走出黑暗　便是光明

古韵今风

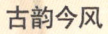

我是一块煤

我是一块煤
没有珍珠那样瑰丽
没有宝石那样娇媚
也没有黄金那样高贵

但是，我有一颗会燃烧的心
时刻等待火的召唤
我有一个坚定而执着的信念
把一切献给人类

我向往光明
不愿在漫漫长夜里沉睡
我追求解放
尝够了高压高温禁锢的滋味

因而，我的脾气暴躁
能把坚硬的，烧成死灰
即使是顽固的矿石
我也会将它夷为铁水

是的，我黑
但却表里一致

科学的星空
—— 郭日方朗诵诗选

哪怕是粉身碎骨
我也要放射光辉

当然，有时我也会受到冷落
被抛置露天，付之流水
但我走到哪里都瞩望着未来
既不懊恼，也不气馁

我跨上时代的列车
飞向祖国东南西北
我登上只只舰船
穿越千山万水

于是，我走进了化工车间
步履轻轻，变得温柔、妩媚
为装点绚丽多彩的生活
吐出了五光十色的纤维

在那里，我成了万能的原料
人们热情地唤我为乌金、宝贝
制造橡胶、香料、糖精、化肥
几乎我样样都行，样样都会

即便是我变成了
变成了煤渣炉灰
我也要充当建筑的骨架
去把风雪严寒击退……

古韵今风

围 棋

举手之间　风卷残云
白雪与黑雨倾盆而下
一座座礁石　翻江倒海
心　却很静

用目光构筑　天罗地网
抵御围城
迂回　并不意味怯懦
其实暗藏杀机
休说一枚小小棋子　一旦
决胜千里
竟会　落地有声

不可目空一切
不可喜形于色
在生与死的战争中
有谁敢说　他的每场布局
总能是　决战决胜　天衣无缝

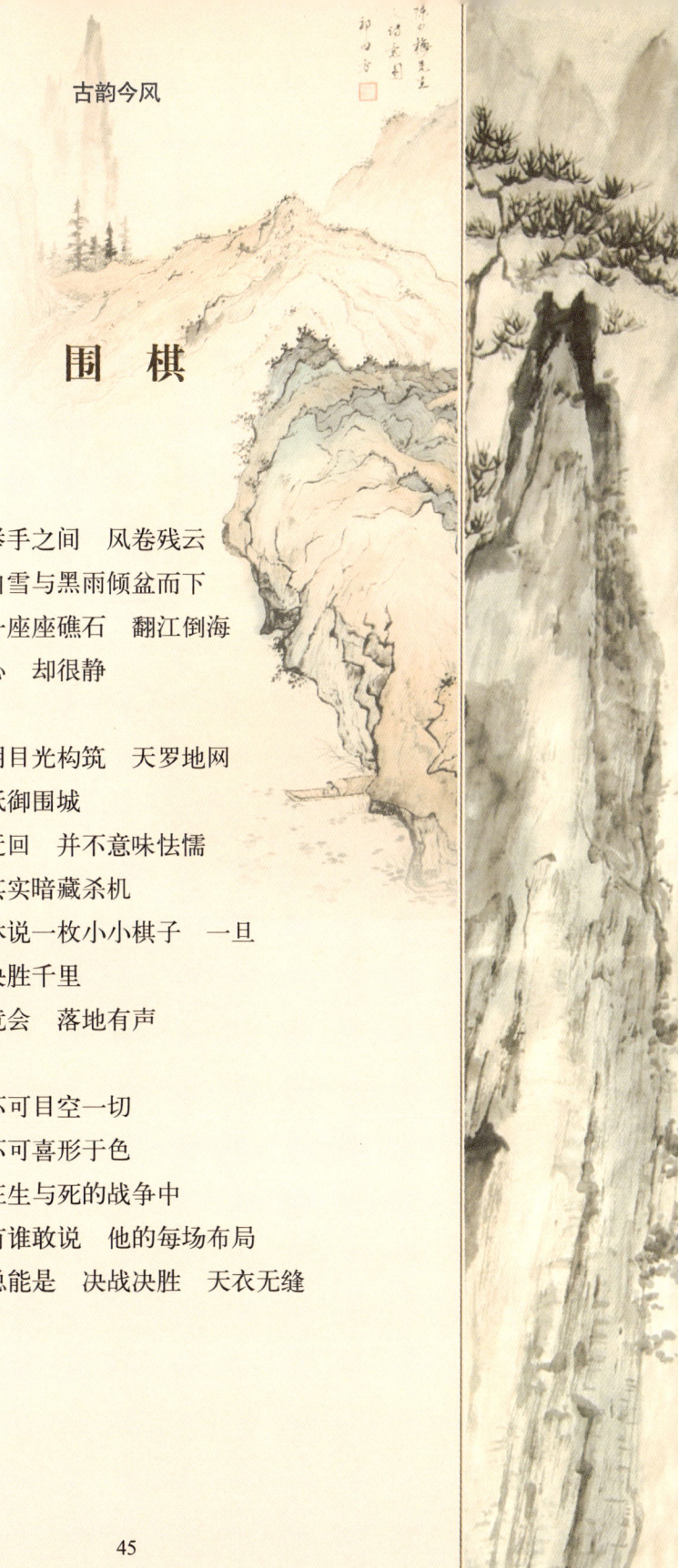

科学与祖国

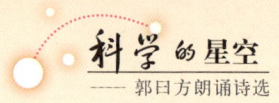

共和国科学之旅
—— 写给科学与祖国的颂歌

第一章　西柏坡的灯光

一九四九年春天
乍暖还寒
报春花　在悄悄吐蕊
那枝头的残雪
还摇曳着　战争的硝烟
长江的涛声
愤怒地摇撼着
苟延残喘的蒋家王朝
黎明的曙光
已经穿过漫漫长夜
跃出了　东方的地平线
西柏坡的灯光
点燃了漫天红霞
湖岸的垂柳
轻轻拍抚着静谧的夜晚
此刻　那朦胧的群山
已悄然进入梦乡
西柏坡的枣园

科学与祖国

那盏彻夜不熄的灯火
却把毛泽东的目光
投向遥远的时空
和新中国灿烂的明天
淡蓝色的香烟烟雾
缠绕着领袖的思绪
他用扭转乾坤的手指
轻轻抚动那份关于筹建
国家科学院的提案
"好啊，好啊……"
就像指挥一场即将打响的战役
他用拳头　重重地
敲击着桌面
笑容　如同嫣红的朝霞
在他宽厚的面颊上舒展
是的　新中国多么需要科学
需要科学家啊　就像
大厦需要栋梁
高山需要基石
旱地需要春雨
航船需要风帆
于是　在共和国的礼炮声中
毛泽东亲自签发了
中国科学院铜质印信
科学为人民服务
让科学走进人民中间

啊　那又是一个多么
温馨的夜晚

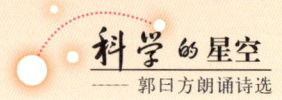

西天的彩霞
映照着中南海的红砖绿瓦
周恩来　站在西花厅的门口
一一伸手迎接贵宾
与众多的科学家谈心酌茶
共进晚餐
周总理的目光
蕴涵着多少殷切的期待
那两道浓眉
又镌刻着　多少坚毅果断
他说　这是一份新中国的
建设远景规划
很想听听科学家们的意见
浓浓的江苏口音
犹如春风化雨　润湿了
科学家的眼睛
同时　也把泰山一样的嘱托
压在科学家的双肩
西柏坡的灯光
中南海的温暖
犹如巨大的磁石　吸引着
科学家的视线
那迎风招展的五星红旗
使多少海外赤子
热泪凝眶　归心似箭

你看　郭沫若风雨兼程
从黎明的曙光中飞来
钱学森冲破一千八百多个

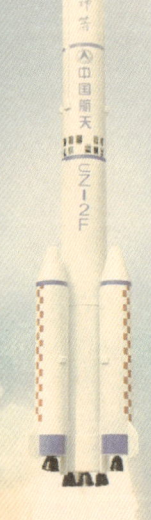

科学与祖国

黑夜的囚禁　终于踏上
回国的航船
赵忠尧　面对日本巢鸭监狱的铁窗
依然魂系故里
郭永怀　欲归不能
愤然将科学文稿
投进烈火　他说
祖国所需要的科研数据
全都深藏在他的心间
李四光　乔装打扮
怀揣着一份《工人日报》
偷偷躲进归航的客船
华罗庚回来了
朱光亚回来了
钱三强回来了
邓稼先回来了……
两千多位海外赤子
如翻腾的浪花　涌向
祖国母亲的身边
一个名字　一颗
耀眼的星辰
一副肩膀　一座
巍峨的高山
他们　与许许多多科学家
站在一起　用科学的力量
支撑起新中国建设的大厦
为了人民的幸福安康
他们就像燃烧的炭火
为了祖国的繁荣富强

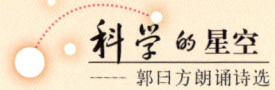

他们甘愿做奠基的方砖
是啊是啊　正是他们
筑起共和国科学的殿堂
以七尺之躯　坚强的脊梁
撑起新中国科学昌盛的
冉冉旭日　朗朗蓝天

第二章　共和国的拓荒者

我们不会忘记过去
忘记过去　就等于背叛
我们今天走过的
每一段历程　都是
前人脚步的延伸
我们今天创造的
每一个奇迹　都浸染着
先辈的血汗
今天　当我们的孩子
在麦当劳餐厅
品尝着西方的快餐文化
当我们的双手
在互联网上　频频点击着
世界风云的变幻
我们没有忘记
共和国的拓荒者
在我们的血管里
注入的力量
我们没有忘记
共和国的科学家们

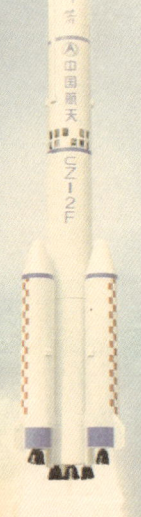

科学与祖国

高举科学的旗帜
闯过的激流险滩

在那医治战争创伤的季节
我们的母亲还骨瘦如柴
干瘪的乳房
流不出太多香甜的期盼
父亲还躬着脊背
赤裸着臂膀
用生锈的犁铧
播种着贫穷
我们的孩子
甚至掏不出几分硬币
买一只上学的铅笔
走夜路的女娃们
竟然用不起　一只
照明的手电
但是　在共和国的旗帜下
我们坚信　总有一天
这片辽阔的黄土地
会长出骄傲
长出富裕
长出幸福
长出甘甜

我们的领袖
面对苍茫大地
巍巍群山
心潮逐浪

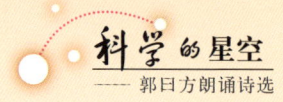

我们的科学家

手扶着金丝眼镜

在共和国的版图上

重重地　画上了红线

李四光登高望远

提出了陆相生油理论

让滚滚油河　流进

祖国的心田

难道李四光有一双火眼金睛

要不　为什么他用铅笔一点

就是一片油海

一座矿山

竺可桢七十高龄

还拄着拐杖　挽着裤腿

深入森林沙漠

他说　他是一粒石子

一棵红柳

为了祖国的绿水长流

即便是倒在深山峡谷

也死而无怨

钱学森忠心赤胆

为了中国龙冲天而起

他斩钉截铁地

向毛泽东主席保证

别人有的　我们

也同样会有自己的

火箭　卫星　原子弹　氢弹

钱三强报国心切

十一年的海外生涯

科学与祖国

历尽颠沛流离　"二战"风烟
故国的别情离恨
时时刻刻　都撞击着
他的心弦　他说
为了祖国　宁可粉身碎骨
也要让生命的原子能
爆发出惊天动地的裂变
啊　为实现科学强国之梦
在那科学拓荒的年代
有多少这样的先辈
有多少这样的典范
他们废寝忘食
他们通宵达旦
他们无怨无悔
他们默默奉献
用声波　用粒子
用符号　用图线
在荒芜的土地上描绘理想
用催化剂　用同位素
用高分子　用生物链
在初春的原野上抒写诗篇
他们用稻穗　用树叶
用神经细胞　用遗传基因
编织新生活的美景
用贝壳　用岩石
用沙漠　用冰川
探索人类与自然和谐共存的谜团
他们用汗水
用心血

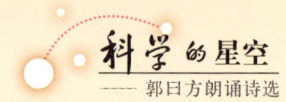

用科学精神
用爱国情感
为我们竖起了光辉的旗帜
他们用意志
用智慧
用责任
用信念
为我们扬起了胜利的风帆
为共和国的科学奠基
为共和国的振兴奠基
为共和国的荣耀奉献
为共和国的强盛奉献
有多少感人的事迹
有多少生命的礼赞
记住他们的名字
就记住了　新中国的
科学发展史
记住了他们的贡献
就记住了　科教兴国的
伟大实践
当然　我们更应该记住
他们用江河　森林
用石油　矿山
用阳光　雨露
用原子　细胞
用不屈不挠的精神
用创新超越的勇敢
为航天飞船
和社会前进的车轮

开足了马力

于是　我们才有了

今天的荣耀

和足够的勇气

去迎接明天的挑战

科学攀登　是一条

永无止境的险路

只有勇于攀登

而不畏劳苦的人

才能最终登上　光辉的峰巅

记住吧　让我们永远记住

我们的历史责任

我们的神圣使命

在构建社会主义和谐社会

实践科学发展观的漫漫征途

今天　仅仅是一个

策马扬鞭的起点

第三章　戈壁滩蘑菇烟云

那是多么激动人心的时刻

那是怎样气壮山河的瞬间

一九六四年十月十六日下午两点

罗布泊上空山呼海啸般

升起巨大的蘑菇烟云

耀眼的裂变之光

使太阳黯然失色

骤然迸发出的巨响

科学的星空
----- 郭日方朗诵诗选

摇撼着整个青藏高原
我们的战士　工人
冲出掩体
我们的工程技术人员
跃上沙丘
科学家们掏出手帕
不停地擦拭着泪眼
欢呼声　跳跃声
如滚滚春雷响彻云霄
乘着无线电波传遍了
长江南北　黄河两岸
森林为之鼓掌
高山为之敬礼
大海为之喝彩
花朵为之吐艳
云霞般舒卷的猎猎红旗
映红了中国人的笑脸
我们的周恩来总理
健步走向人民大会堂
向排练《东方红》史诗的
演员们通报喜讯
他满面春风地摇动着臂膀
声音哽噎地叮嘱演员
同志们　欢呼吧
请不要跳塌了地板
是的　这是震撼世界的巨响
这是开天辟地的巨响
这是民族精神的升华
这是国家实力的宣言

科学与祖国

为了这一刻　有谁能够知道
我们的科学家　将生命的热血
又是怎样抛洒在荒原戈壁
他们隐姓埋名　无怨无悔地
扑向核试验攻关的前线
一九五八年八月
一个盛夏的夜晚
三十四岁的邓稼先
刚刚下班
他推开家门
亲了亲四岁的女儿
和两岁的儿子
便独自坐在椅子上
无心吃饭
妻子悄声问道
"稼先，是不是有什么事啊？"
"我要调动工作了。"
"调到哪里呢？"
"我也不知道，反正很远。"
"干什么工作呢？"
"我不能说。"
"哦，那么到了新地方，
给家里来封信，行吧？"
"恐怕不行，很难。"
妻子沉默良久
感到十分茫然
邓稼先看了看妻子
动情地说："我的生命
就交给新的工作了，

就是为它死了，也值得。"
从此　邓稼先便销声隐迹
率领一群年轻的伙伴
投入原子反应理论的攻关
靠着陈旧的手摇计算机
拨弄着那古老的算盘
将几十吨运算图纸
堆成了一座小山
虽然　没有高性能的计算机
没有氟油　没有真空阀门
没有高能炸药　甚至
没有香喷喷的白馒头　大米饭
每天　只有窝窝头　咸菜
苦菜根　搅拌着戈壁风沙
与为国争光的坚定信念
一起下咽
但是　就是这一盘盘咸菜
一个个窝窝头
却托起了祖国人民的重托
在那特殊的困难时期
我们的科学家　就是这样
用满腔热血　浇灌出
热核聚变之花
浇灌出中国人的骄傲
中国人的尊严
它告诉世界　我们中国人
不仅曾经托起五千年的文明
托起过长城　故宫
今天　我们同样能够托起
火箭　卫星　和通向宇宙

每个角落的载人飞船

第四章　春天的誓言

往事并非如烟

我们每个人的心中

都珍藏着许多记忆　许多思念

甚至永远　都无法忘却的那种眷恋

三十一年的春风秋雨　斗转星移

当共和国改革开放的航船

驶进　新世纪的曙光

我们伫立船头

看千帆竞发　旌旗猎猎

听箭击长空　惊涛拍岸

心中荡起的　是山呼海啸般的

壮志豪情　灿烂的笑容

犹如漫天红霞

在我们中国人的面颊上舒展

是的　我们不会忘记

一九七八年　当科学登攀的千军万马

浩浩荡荡　从春天的原野出发

神州大地　到处激荡着

振兴中华　那气壮山河的呐喊

我们更不会忘记

那位播种科学春天的老人

曾以洪亮的四川口音

在人民大会堂　庄严地发出

科学技术是生产力的历史性宣言

他说　把科学技术搞上去

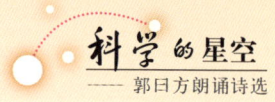

他愿当好大家的"后勤部长"
在国与国综合实力的竞争中
我们中国人　必须争取时间
为世界和平发展　作出
自己应有的贡献
那声音　如滔滔暖流
激荡着科学家的胸膛
那声音　似潇潇春雨
润湿了人们的心田
那一刻　多少人拍红了手掌
多少人热泪盈眶
激情飞扬的郭沫若院长
坐着轮椅　竟也情不自禁地
伸开双臂　去拥抱科学的春天
今天　当我们站在二十一世纪的门口
抚今追昔　又怎能不感慨万千
感慨　科学春天播下的种子
已经花开满枝　硕果累累
感慨　科学技术给伟大祖国
带来的欣欣向荣　地覆天翻

你看　我们的神舟飞船
用闪光的弧线　在茫茫太空
画出了多么漂亮完美的圆圈
我们的嫦娥卫星
沿着千年寻梦的轨迹
腾跃旋转　那优美的舞姿
让全世界　都刮目相看
我们的高铁列车　风驰电掣

科学与祖国

我们的高速公路　四通八达
我们的三峡大坝　横空出世
我们的秦山核电　拔地参天
我们的基因图谱　绚丽多彩
我们的智能计算　妙如神仙
我们的杂交水稻　点头含笑
我们的气井油田　波涌浪翻
"863计划"的顺利实施
知识创新工程的成功实践
层出不穷的高新技术成果
面向未来的可持续发展
科学技术　已经走进每个家庭
走进每个中国人的生活空间
小小的手机　瞬息间便连通五湖四海
万水千山　再也阻隔不断遥远的思念
只要用灵巧的手指　轻轻敲击键盘
足不出户　就能纵观世界风云变幻

啊　中华民族　正以前所未有的信心勇气
躬身在高速腾飞的起跑线
我们的科学家　时时刻刻
都铭记着　科学春天的誓言
他们　在共和国的旗帜下集结
万众一心　披肝沥胆
创新超越　奋勇登攀
在九百六十万平方公里的土地上
精心描绘建设小康社会的蓝图
为践行科学发展观的愿景
抒写出多么壮丽辉煌的诗篇

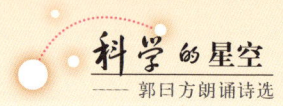

是的　科学攀登的道路没有止境
山高水远　前方依然
耸立着连绵起伏的层峦峻岭
科学探索的航船　飞流直下
远方　还蜿蜒着无数峡谷险滩
既然　历史选择了我们
注定要成为　科学攻关的战士
任凭关山万重　风云变幻
又岂能阻挡　我们的队伍勇往直前
啊　十三亿　这齐刷刷举起的森林般的手指
指尖上闪耀的　是日月星辰的光芒
也必将是中华龙的荣耀　龙的尊严

第五章　走向新的辉煌

历史　又匆匆翻过一页
新中国的太阳　在东方的地平线上
又画出了　一个大大的圆圈
面对综合国力的较量
迎接知识经济的挑战
瞄准世界科技前沿目标
部署跨越式超前发展战略
我们必须戒骄戒躁　登高望远
在雄鸡报晓的版图上
我们要自己动手　精心设计
更加光辉灿烂的明天
啊　快调动我们的每一根神经
每一条血管
快规划我们的每一寸土地

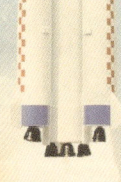

64

科学与祖国

每一片资源

让一切信息技术　　纳米技术

让一切人类基因　　水稻基因

让一切电子束流　　离子束流

让一切智能语言　　计算语言

统统都在五星红旗下集合

让改革开放的汹涌波涛

让经济发展的历史航船

让社会进步的道德风尚

让华夏振兴的理想风帆

统统再从天安门广场出发

去挥洒盛世空前的诗篇

此刻　　当我们仰望星空

看茫茫宇宙　　迢迢河汉

还有多少未知的科学命题

又有多少需要破解的答案

六十三年的科技成就

六十三年的科学档案

六十三年的壮丽航程

六十三年的地覆天翻

毛泽东

邓小平

江泽民

胡锦涛

习近平

是怎样运筹帷幄

指点江山

率领着浩浩荡荡的科学大军

为科学强国的巨轮

开辟了胜利的航线
改革开放的大潮
从来没有像今天这样
汹涌澎湃
共和国的旗帜
从来没有像今天这样
夺目鲜艳
灾难深重的中华民族
从来没有像今天这样
扬眉吐气
穿云破雾的东方巨龙
从来没有像今天这样
腾起狂澜
问茫茫大地
问巍巍群山
问滔滔江河
问昊昊蓝天
有什么力量
能够阻止我们所向披靡
有什么困难
能够拦住我们勇往直前
实事求是
探索真理
崇尚科学
创新登攀
是我们战无不胜的法宝
勤于思考
勇于实践
团结奋斗

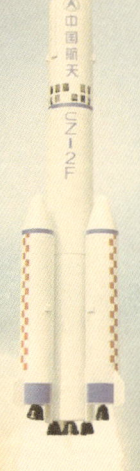

科学与祖国

无私奉献
是我们创造奇迹的指南
光荣的传统
先辈的嘱托
我们要继承发扬
人民的期待
时代的召唤
我们要牢记心间
让我们跟随先辈的足迹
踏着天安门广场的方砖
高扬共和国胜利的旗帜
沿着中国特色社会主义道路
跃马扬鞭　勇往直前
明天　属于我们
我们　就是明天

为中国喝彩

从女娲补天的神话中走来
从后羿射日的传说中走来
从仓颉造字的工坊里走来
从殷墟甲骨的书简里走来
五千年的血雨腥风　聚聚散散
五千年的朝代更迭　盛盛衰衰
我们华夏民族　终于走出饥饿
走出哀嚎　走出东亚病夫的屈辱
走出侵略者奴役的阴霾
正昂首阔步　走向前所未有的
盛世春秋　走向一个崭新时代

你看　那鲜艳夺目的五星红旗
自由自在地舒卷着　飘扬着
闪耀着多么迷人的光辉
她笑得是那样灿烂　那样开怀
星星在她怀抱里环绕
月亮在她面颊上亲吻
那火焰般燃烧的红霞
托起展翅翱翔的白鸽
从天安门　从长城故宫
向远方铺开

科学与祖国

向着黄河　向着长江
朝着高山　朝着大海
如此激情澎湃地发出一个响亮的声音
起来　起来　不愿做奴隶的人们
中国　正以气壮山河的步伐
昂首挺胸　登上世界舞台

啊　世界在为中国喝彩——
当我们的体育健儿
把一枚枚奥运奖章挂在胸前
全世界的观众　都竖起拇指
为中国喝彩
当我们的长征火箭
将一个个航天员送上太空
全球的目光　都投向碧霄
为中国喝彩
当突如其来的自然灾害
摧毁我们的家园
从废墟上长出的
是不屈不挠的中国精神
大地高山　都擎起鲜花
为中国喝彩
当改革开放的门窗　豁然打开
古老的北京　宾客如云　十里长街
成为连接各国友谊合作的纽带
世界涌进北京
为中国喝彩

啊　为中国喝彩——
这不仅仅因为
我们有喜马拉雅的巍峨

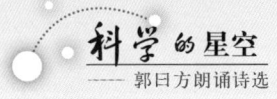

黄河　长江的澎湃

有江南水乡的秀美

东北大地的豪迈

也不仅仅因为

我们有敦煌飞天的情韵

紫禁城建筑的精彩

有上海滩的繁华

东方之珠的气派

如花似玉的中国啊

古老年轻的中国

有太多太多的文化遗产

山川名胜值得赞美

是那样美仑美奂　美不胜收

令人陶醉　让人喝彩

啊　为中国喝彩——
十三亿人　五十六个民族

齐刷刷地排列在五星红旗下

手挽着手　站成钢铁巨人一排

这里有三皇五帝尧舜禹的子孙

有秦皇汉武成吉思汗的后代

有孔子　孟子　屈原　李白　杜甫的传人

有孙中山　李大钊　毛泽东　邓小平的血脉

当然　更有杨家将　花木兰　郑成功的忠勇

有刘胡兰　焦裕禄　雷锋　孔繁森　钱学森的气概

镰刀斧头　齿轮稻穗　百亿次计算机　火箭　卫星

统统都在这里集合　那英雄纪念碑的威严直插云霄

显示的是中国意志　中国力量　中国气韵　中国期待

啊　为中国喝彩

为中国喝彩——
九百六十万平方公里的土地
不仅长出数千年风流人物　长出地大物博
还长出真善美的花朵　自强不息　自尊自爱的风采
那井冈的翠竹　长征的火炬
那延安窑洞的灯光　卢沟桥的炮台
都化作建设新中国的宏伟蓝图
六十年风雨沧桑　我们用勤劳智慧的双手
蘸着日夜流淌的血水汗水泥水　和对祖国
深深的爱情　把新中国的高大身躯奋力举起
看　那流光溢彩的笑容　拔地参天的魁梧
让日月星辰　甚至五洲四海的每一座山峰
都惊奇得手舞足蹈　目瞪口呆
啊　为中国喝彩

为中国喝彩　为中国喝彩——
请举起你的手来　为祖国的明天
送上一片祝愿　一份决心　一腔热爱
既然　时代选择了我们
我们选择了时代
那么　就让我们踏入这个光荣的队列
用祖祖辈辈传递的力量
去建设美丽中国
去耕耘新的收获吧
待到金秋时节　霞光如带
我们将与五星红旗站在一起
迎接祖国更加美好的未来
啊　请你鼓动如雷的掌声
为中国加油
为中国喝彩
为中国喝彩吧

中 华 情

春风送我万里行,同台放歌中华情。
炎黄热血浓于水,诗情如潮诉心声。

——作者手记

踏着太平洋的涛声
披着紫禁城的春风
带着刻骨铭心的思念
怀着家人团聚的欢欣
我们来到了美丽的洛杉矶　旧金山
来到亲爱的父老乡亲中间
看到这么多黄皮肤　黑眼睛
这么多亲切而熟悉的面容
我禁不住　热泪盈眶　百感交集
只觉得情如潮涌　热血沸腾
此刻　纵有千言万语
不知从何说起　从何说起啊
首先　请允许我
代表祖国人民　向你们
向所有的海外同胞
深深地鞠躬　并表示
最真诚最崇高的致敬

科学与祖国

人生　就像一条长长的河流
奔突跋涉　昼夜兼程
或斗转星移　或柳暗花明
或关山万重　或海阔天空
但是　不管走到哪里
我们中国人　身上流淌的
都是华夏的血脉
我们炎黄子孙　传承的
都是龙的精神
我们拥有　同一片土地
同一片蓝天
我们拥有　同一种语言
同一个母亲
勤劳智慧　自强不息
厚德尚礼　仁爱笃行
昨天　我们的祖先
曾经用五千年的文明
给世界描绘奇迹
今天　我们华夏儿女
又用灵巧的双手
给人类编织憧憬
虽然你们身居海外　心中
却牵挂着华夏的荣辱兴衰
即使梦中　也在惦记着
祖国的和平安宁　繁荣昌盛
为了传播灿烂的中华文化
增进各国人民的友谊
你们作出了重要贡献
世界的每一个角落

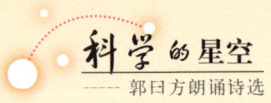

都矗立着　你们建立的伟绩丰功
陈嘉庚　李嘉诚　李政道
杨振宁　丁肇中　贝聿铭
数不清的科学家　企业家
教育家　艺术家和杰出人士
犹如璀璨的群星　光照寰宇
一提起他们的名字　他们的业绩
我们便感到无上光荣　肃然起敬

但是　我们没有忘记
中华民族　曾经遭受过
太多太多的辛酸苦痛
三山五岳　弥漫的是战乱的硝烟
黄河长江　发出的是愤怒的吼声
啊　为了今天的荣耀　今天的笑容
有多少仁人志士　前仆后继
用热血和生命　与凌辱　践踏
进行了艰苦卓绝的抗争
当鲜艳的五星红旗
高扬起中华民族的骄傲
当神五　神六飞船
使千年飞天的梦想成真
当三峡大坝
在巍巍群山中横空出世
当青藏铁路
巨龙般腾飞在崇山峻岭
当南水北调工程
滋润着甜蜜幸福的生活
当西气东输工程
给神州大地播撒着温暖光明

科学与祖国

全世界都把目光　投向了中国
我总是情不自禁地要放声高歌
我骄傲　我是中国人

看吧　我们的高速公路密如蛛网
我们的高楼大厦摩肩接踵
我们的城镇乡村花团锦簇
我们的神州大地万紫千红
如今　全世界又在翘首以待
二〇〇八　北京将以怎样的笑容
伸开双臂　去迎接五洲健儿　四海宾朋
啊　开天辟地前所未有的成就
一个被称作东亚病夫的民族
终于扬眉吐气　昂首挺胸　堂堂正正
屹立于世界民族之林
是的　我们不会忘记　不会忘记啊
这一切光荣和成功　都凝聚着
全球华人的焦灼期盼
这所有的辉煌与尊严
都是我们劳动与智慧的结晶

亲爱的同胞们　是浓浓的中华情
将我们紧紧地连在一起
骨肉之情　血脉相融
魂系华夏　心心相印
无论是风云变幻　还是战争和平
我们都始终团结如钢　众志成城
爱中华　爱她的青山绿水
爱中华　爱她的长城故宫
爱中华　爱她的昨天　今天　明天

爱中华　爱她的雨露风霜　春夏秋冬
让我们用儿女的挚爱和忠诚
为母亲梳妆打扮吧
常言道　沧桑易老　绿水长流
而我们源远流长的中华民族
将永远年轻　永远年轻

2007年2月18日为中央电视台与全美华人联合会举办的洛杉矶、旧金山《中华情》大型文艺晚会而作。

历史性的跨越
——祝贺嫦娥一号卫星发射成功

不止是西昌
所有的山峰都披满霞光
不止是北京
整个中国都在举目张望
不止是长江黄河　长城故宫
将硕大的夕阳高高举向蓝天
甚至　每一扇窗口
每一条小巷　每一棵小草
都在侧耳倾听　倾听
那箭击长空的刹那之间
在世界东方　中国首次探月的脚步声
将迸发出怎样气壮山河的交响

看吧　当喷薄耀眼的火焰
蓦然间　托举着中国的长征火箭
冲天而起　当嫦娥一号卫星
旋转着优美的舞姿　频频回首
依依惜别　亲爱的故乡
顿时　欢呼声掌声鞭炮声响彻云霄
在神州大地　卷起排山倒海的声浪
啊　骄傲和自豪　在人们的胸中燃烧
兴奋和泪水　在人们的面颊上流淌

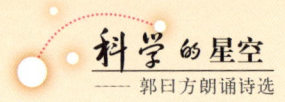

此刻　　全中国的父老乡亲都举起
森林般的手指　　为嫦娥一号
挥别送行　　那千年寻梦的轨迹啊
如此光芒四射地　　划过长空
牵动着全世界惊喜的目光
也写下中华民族　　万众一心
自强不息　　实现伟大复兴的热望

是的　　世世代代　　我们的祖辈
曾经在黑暗的隧道里　　蜗行摸索
战争　　贫困　　瘟疫　　灾荒
将祖国母亲蹂躏得遍体鳞伤
荒芜的土地　　低矮的茅屋
只有屈辱　　仇恨　　和乞丐的呻吟
在四处游荡　　只有
只有父亲烟袋锅上的叹息
和母亲坟头的野草　　在血汗和泪水的
浸泡中　　年年疯长
当然　　不只是这些
不只是只有苦涩　　辛酸
不只是只有哀号　　忧伤
曾经　　我们曾经也有
飞天的花朵　　牧童的短笛
有丝绸之路　　有七下西洋
有震惊世界的创造发明
有彪炳千秋的历史辉煌
那夸父追日的故事
那嫦娥奔月的神话
曾经　　勾起多少甜蜜的记忆

也曾唤起　多少美丽的遐想

但是　今天　只有今天啊

我们才终于　走出煤油灯的昏暗

走出迷惘　实现了历史性的跨越

昨日的神话　已经变为现实

一个兴旺发达　繁荣富强的

社会主义中国　像巨人般

屹立在世界东方

此时此刻　当我们仰望灿烂的星空

自由放飞浪漫的激情　你可闻到

广寒宫外飘来的桂花酒香

你可听到　美丽的嫦娥姑娘

那悠扬动听满怀深情的歌唱

不　这不再是神话　不再是梦想

我们的嫦娥一号　正用灵巧智慧的双手

揭开月球神秘的面纱　将一张张

清晰而逼真的月面图像　发回家乡

听啊　穿越三十八万公里的

茫茫星云　我们竟然可以

清晰听到　嫦娥姑娘美妙的歌喉

那五星红旗迎风飘扬

胜利歌声多么嘹亮的优美旋律

怎不叫人心潮激荡　令人心驰神往

啊　朋友　请高高举起你的酒杯

让我们一起放声歌唱吧

歌唱我们亲爱的祖国

从今走向繁荣富强

开启探索宇宙奥秘的时代

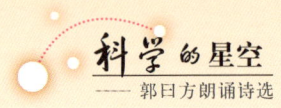

谱写和平利用外层空间的篇章

我们中国人　有志气　有信心　有能力

攀登世界科技高峰

为全人类的幸福　和美好的明天

贡献出　自己的全部力量

　　　　　　　　　2007年12月21日
　　　　　　　　　急就于北京椿栋斋

献给中原大学生的赞歌

今天　当我披着天安门广场上空的彩霞
带着首都人民的祝福和深情
来到了日夜思念的中原大地
来到了长久爱恋的黄河之滨
一跨进你们美丽的大学校门
便感受到一股浓郁的青春气息
我们看到了中原崛起的希望
犹如万道霞光　冲出黎明的地平线
把蓝天大地　辉耀得
如此风光无限　五彩缤纷

同学们　我真的很羡慕你们
你们生在中原　长在中原
在中原崛起的关键时刻
将肩负起　时代和历史的重任
你看　这些小伙子　一个个
多么帅气　英俊　刚毅　勇敢
全身焕发着　黄河男子汉的精神
这些姑娘们　一个个
多么靓丽　自信　温柔　多情
一张张笑脸　都绽放出花的芳芬

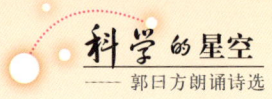

啊　我羡慕你们　因为
你们是黄河的儿女　黄河的子孙
我羡慕你们　因为
你们是中原的才俊　中原的传人

穿越五千年的历史风云
踏过刀耕火种　和战争贫困
中国　终于迎来千载难逢的机遇
中原正在崛起　华夏正在复兴
建设和谐社会
共谋发展远景
你们　这些中原的莘莘学子
真是生逢其时
啊　我羡慕你们

虽然　我已是年近古稀的老人
冒着刺骨的寒风　从北京
来这里　为你们击鼓助威
为了中原的崛起　我自告奋勇
加入你们的方阵
我多么希望　我的诗句
我的歌吟　能够伴随着
年轻的步伐　和黄河的涛声
与你们风雨同舟　携手共进

是的　我真的很羡慕你们
在中原这片美丽的土地
不仅物产丰富
而且人杰地灵

科学与祖国

有多少名牌产品
有多少中外名人
数也数不尽　说也说不清
信阳的毛尖　洛阳的牡丹
灵宝的苹果　开封的花生
原阳的大米　漯河的味精
香喷喷的羊肉烩面
叫人直流口水
热腾腾的胡辣汤
喝得你满脸通红
多么甜蜜　多么多彩
多么热气腾腾的生活啊
我羡慕你们

这里还有　还有
无数英雄豪杰　文化巨擘
他们的名字
如雷贯耳　灿若群星
老子　庄子　墨子　韩非子
商鞅　苏秦　张衡　张仲景
玄奘　刘秀　司马懿　司马光
韩愈　李贺　白居易　李商隐
……
从燧人氏钻木取火
到轩辕帝战马嘶鸣
从七大霸王逐鹿中原
到诸葛亮羽扇纶巾
从杜甫的茅屋为秋风所破
到岳飞的怒发冲冠满江红

83

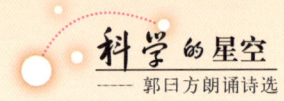

他们指点江山　激扬文字
任金戈铁马　如椽大笔
把中华民族的史册
描绘得熠熠生辉
挥洒得光彩照人
啊　巍巍中岳　立起的
是中华民族的脊梁
滔滔黄河　奔流的
是炎黄儿女的忠魂
多么伟大的先驱啊
我羡慕你们

还有
这里还有殷墟遗址　龙门石窟
还有九朝古都　七朝龙庭
陈氏太极　少林武功
一张清明上河图
托起人类文明的惊喜
那条穿透群山的红旗渠
啊　一道人造天河
袒露的是　中原人民博大的胸襟
新的时代　新的楷模
前仆后继　层出不穷
吉鸿昌　杨靖宇
焦裕禄　任长霞……
他们的名字　与日月同辉
如山河永恒
是的　是的
我崇敬他们
我怀念他们

科学与祖国

走进中原大地
我便走进景仰
见到河南敬爱的父老乡亲
我是这样激动　兴奋
这样自豪　光荣

同学们啊　我羡慕你们
你们身上流淌的
是黄河的血脉
你们脚下踏着的
是先辈的足印
英雄的土地
哺育了英雄的儿女
英雄的儿女
必将报效英雄的母亲
我相信
在中原崛起的伟大进军途中
我们年轻的大学生们
必将后来居上
为开创更加美好的未来
再建功勋

亲爱的同学们
让我们高举科学的旗帜
为了中原的崛起
为了祖国的振兴
扬鞭跨马　从这里起程
去开始新的长征吧

从这里再次出发

（配乐诗朗诵）

（女）历史　又匆匆翻过了一页
　　　走过六十三个春秋的灿烂辉煌
　　　中国科学家　又甩开臂膀
　　　迈着坚实的步伐
　　　跨上新的高度　把目光
　　　投向　气势恢宏的战略构想
（男）此刻　全世界都睁大了眼睛
　　　在注视着中国的科学技术
　　　从"十八大"的会场出发
　　　又将以怎样的胆魄和速度
　　　在新的世纪　展示中国的精彩
（合）中国的精神　中国的形象

（女）于是　我走进中关村　曾几何时
　　　这里还只是一个　小小的村庄
　　　如今却处处高楼大厦林立　科研院所
济济一堂
　　　已经成为　整个中国科技创新的心脏
　　　从这里出发　我们的载人飞船　遨游
太空
　　　我们的探月卫星　追寻梦想

神舟九号与天宫一号　那令人销魂的太空之吻
让全世界　都迸发出欢呼的声浪

（男）从这里出发　我们的两弹一星　震惊世界
我们的激光照排技术　书写辉煌
破解哥德巴赫猜想　那令人叹服的奇妙证明
让科学界　都投过来钦羡的目光

（女）三十三年的改革开放　中国的科学家就是这样
从春天的原野出发　高擎科学精神的旗帜
昂首阔步　创造出令国人骄傲的辉煌

（男）新中国的一位位科学泰斗　在这里
耕耘播种　呕心沥血　卧薪尝胆
让创新之花　在祖国大地灿烂开放

（女）李四光　钱学森　竺可桢
钱三强　华罗庚　郭永怀
陈景润　王选　袁隆平
一个个如雷贯耳的名字　在创新超越的天空
闪耀出多么耀眼的光芒

（男）古老而年轻的中国啊
走过屈辱贫困　历经百年沧桑
从来没有像今天这样
扬眉吐气　妩媚多娇
气宇轩昂　繁荣兴旺

（女）但是　我们拥有的　绝不仅仅是
举世惊叹的辉煌成就
全球瞩目的发展速度
科学信念　道德风尚
凝聚成的铁壁铜墙
才是我们在风雷激荡中
就像喜马拉雅山一样

  高耸云天的屏障

  阻断世俗的功名利禄

  升华中华民族的荣光

(男)从科学救国的抱负

  到共产主义的理想

  从自强不息的理念

  到博学笃志的向往

  从厚德载物的胸怀

  到甘为人梯的素养

  从崇德尚义的操守

  到文明和谐的风尚

  从创新超越的意志

  到百折不挠的坚强

(女)以人为本　科学发展

  追求真理　无私奉献

  严谨求实　淡泊名利

  端正学风道德

  反对弄虚作假

(男)许许多多的科学家

  用堂堂正正　无私无畏的

  伟岸之躯　为我们树立起

(合)一面面光辉的旗帜　一个个

  高山仰止的形象

(女)那么　就让我们追随前辈科学家的足迹

  从这里　再次出发

(男)沿着中关村的林荫大道

(女)踏过天安门广场的方砖

科学与祖国

（男）擎起科学精神的旗帜
（女）鼓动科学思想的风帆
（男）打造科技创新的利剑
（女）播撒科学知识的火种
（男）迎着喷薄欲出的朝阳
（合）继往开来　劈波斩浪
　　　同心协力　奔向更加美好的远方

为2012年9月15日"全民科学素质文艺汇演主题晚会"而作

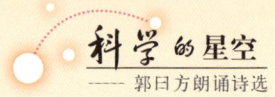

地球,一颗美丽的星球
——写给"世界地球日"

地球　一颗多么美丽的星球
你是　一切生命的家园
你是　人类共同的母亲
揽日月之光　聚宇宙之魂
怀抱着江河湖海　大地高山
披挂着风霜雨雪　春夏秋冬
年复一年　旋转着轻盈的舞步
穿越在　浩瀚的星系之间
在蓝天白云的簇拥下
是如此这般的变幻莫测
妖娆多姿　五彩缤纷
甚至　每一棵小草
都是那样风姿绰约
每一声鸟啼
都是那样醉人动听
你用博大　宽广的胸怀
包容着天地万物
你以无与伦比的挚爱
滋润着生命的绿荫
此时此刻　我不知道

科学与祖国

该用什么诗句
赞美你的恩惠　然而
面对人类的贪婪索取
和挥霍无度
我却又　这样忧心如焚

看吧　高山在哭泣
大片大片的森林
在刺耳的斧锯声中
轰然倒下　那干涸的沟壑
就是它流淌的泪痕
大地也在呻吟
成片成片的田野
在风沙的蹂躏下
变成荒漠　那丢失的绿洲
再也看不到昔日的风韵
江河　没有了波光帆影
村野　听不到鸟雀啼鸣
是谁　给清澈的河流排进油污
使岸边的花草枯萎凋零
是谁　给翠绿的园林撒满酸雨
让栖息的小鸟逃离家园
连早晨的太阳　都显得那样无精打采
十五的月亮
也展不开迷人的笑容
无米下锅　多少工厂嗷嗷待哺
能源紧缺　多少机器停止轰鸣
铺张浪费　花掉的是人民的血汗
形象工程　竖起的是侈靡之风

环境污染　侵蚀着国民的健康肌体
甚至　连阳光空气碧水蓝天
也都沾满了　刺鼻的污垢烟尘
啊　人类的无序活动　甚至疯狂掠夺
造成的温室效应　和灾难贫困
是如此严重地　威胁着人类自身的生存
面对地球的严重缺血
难道我们还能熟视无睹　无动于衷
抚摸着地球的遍体伤痕
难道我们不该羞愧脸红　扪心自问
人们啊　如果再不警醒
就必然自食恶果　那么
一旦　资源耗尽　倾家荡产
明天　我们又如何去面对
后代子孙

行动起来吧
让我们快快行动起来
种上一棵树苗
就能击退一场沙尘暴的入侵
节约一滴水珠
就能滋润亿万个孩子的笑声
一张白纸
托起的是共和国建设的大厦
一双木筷
就是一片郁郁葱葱的森林
从我做起
从点点滴滴做起
建设资源节约与环境友好型社会

科学与祖国

树立和谐健康文明新风
万众一心
众志成城
让我们用勤劳智慧的双手
把地球母亲
打扮得更加年轻美丽
妩媚动人

啊　幸福和未来
就握在我们手中

2007年4月18日应约为"世界地球日"而作

科学的星空

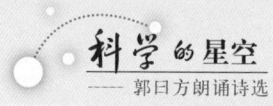

炽热的岩浆,冲出地层
——献给李四光院士

风华正茂的年龄

你就是一位　杰出的地质学家

我想　你一定长着一双

能洞穿地球的慧眼金睛

要不　当西方传统地质学派的

那些老先生们　戴着近视眼镜

在放声高唱"中国贫油论"的时候

你却昂首挺胸　站在伦敦会议大厅的

讲坛上　用铿锵有力的论证

为《受了歪曲的亚洲大陆》　伸张正义

并用地质力学的推理　向全世界

庄严宣告　《一个新华夏海的诞生》

你的目光　扫过会场

扫过欢呼的声浪　扫过一张张

目瞪口呆的面孔　然后

又缓缓地移向远方　移向

梦绕魂牵的祖国　移向

长城　故宫　移向黄土高原的

大漠孤烟　和黄河长江的

孤帆远影

科学的星空

你坚信　沉睡的东方巨龙
必将有一天　冲破浓云迷雾
从"新华夏系"的沉降带上
腾空而起
中华民族　终将走出煤油灯光的昏暗
走出饥寒交迫的岁月
向全世界证明　被封压在地心亿万年
炽热愤怒的岩浆
将冲出地层　用燃烧的火炬
昭示一个伟大民族的新生

燃烧吧　与大庆油田的烈焰一起燃烧
与王铁人的激情一起燃烧
在大庆　在大港

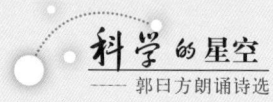

在柴达木　在秦岭
在北部湾　在东海之滨
三个凹陷
三个隆起
一条条纬向构造
一条条经向构造
被你的陆相生油理论
描绘得淋漓尽致　就像
一排巨大的"多"字形雁阵
掠过神州　纵横驰骋
毛泽东心潮逐浪
周恩来满面春风
新中国现代化的车轮
穿越崇山峻岭　在世界东方
发出了响彻云霄的吼声
啊　大江东去
啊　星驰云涌
当你站在社会主义航船的
甲板上　极目远眺
一个充满希望和光明的中国
正迎着新世纪的曙光
走向繁荣
走向振兴

一生，都在与大地谈心
—— 献给竺可桢院士

你是大地之子　一生
都在　与大地谈心
花儿的微笑　鸟儿的歌声
大海的咆哮　高山的沉静
哪怕是一朵浪花　一片绿荫
都与你的悲欢　心心相印
都与你的呼吸　息息相通
一根拐杖　伴随着你
涉过万水千山
一串脚印　跟随着你
穿越时空风云
探地层深浅
看天空阴晴
听雨打芭蕉
赏云弄月影
五千年中国气候的变迁
亿万年世界物候的波动
都在你的视线中一览无余
都牵动着你科学探索的神经
高山冰川为何退却
大洋海面为何提升

科学的星空
—— 郭曰方朗诵诗选

海豹分布为何北移
北极冻土为何南进
地球大气为何趋向变暖
生态环境为何失去平衡
人类社会的可持续发展
自然资源的综合利用
面对人与自然和谐共存的
诸多问题　你将自己的一生心血
和科学家的全部热情
毫无保留地奉献给了大地
奉献给了人民
奉献给雨
奉献给风

科学的星空

已经七十岁高龄

你还　挂着拐杖

踩着泥泞

越过黄土高原的沟壑峡谷

你还　披着风雨

踏着冰雪

穿过虎啸猿鸣的原始森林

任凭蚊虫叮咬

笑对瘴疠横行

时而　在四千多米的山巅远眺

时而　在一泻千里的大河歌吟

或夜观星斗

或昼看日晕

察大漠戈壁风沙运行规律

测川西高原南水北调工程

你说　你是一棵红柳

愿为祖国遮挡风沙

你说　你是一滴水珠

愿为人民化作甘霖

你把你的执着　写进气象日记

你把你的赤诚　播洒在考察途中

那么多鸿篇巨制

那么多经典论文

或观微知著

或取精用宏

或细针密缕

或鹰击长空

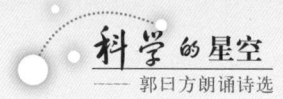

为大自然的欣欣向荣
描绘了　一幅多姿多彩的图画
为地球生机勃勃的明天
展现出　一片辽远美丽的风景

此时此刻　当我们展示着
你亲自绘制的蓝图
仿佛　肩负着科学家沉甸甸的嘱托
当我们凝望着　你远去的背影
仿佛　看到在蓝天碧水之间
升起的　那一道灿烂夺目的彩虹

丰碑，矗立在滔滔江河之中
—— 献给茅以升院士

你说　人生一旅途耳
其长百年　但不知
在漫漫风雨途中　会有
多少坎坷崎岖　和激流险滩
于是　你一生都在忙着
筑路搭桥的事
用山的坚韧　水的温柔
用钢的意志　火的信念
在深山峡谷
在大河平川
曾经托起　多少美丽的彩虹
曾经接通　多少阻隔的思念
当千千万万　焦灼的期盼
踏月而归　当一个个
远去的憧憬　到达彼岸
人们都会想起　一位建桥的老人
想起茅以升　九十四年的人生旅途
你为后人留下一座座　桥的丰碑
至今　依然矗立在滔滔的江河之中
伴随着时代的列车
高歌向前

是的　你的一生与桥结缘
高高低低　大大小小
宽宽窄窄　长长短短
每个桥墩　每座桥面
都与你的喜怒哀乐　息息相通
都令你　朝思暮想　梦绕魂牵
为人民造桥　你宁愿劈波斩浪
让身躯化作中流砥柱
也没有任何艰难险阻
能够动摇　你的痴恋
然而　当日本侵略者的魔爪
伸向祖国大好河山的危难时刻
你却　怀着满腔仇恨
炸毁了　你亲自修建的钱塘江大桥

科学的星空

将敌人血腥的屠刀　拦腰截断

啊　爱也深深
恨也深深
人生的沟沟壑壑
缺缺圆圆
使你体味到桥梁的真正含义
同时　也洞察出湍流的深浅
战争的创伤　没有摧毁
你为新中国建桥的决心
一座更加雄伟壮观的
钱江大桥　又耸立江边
那座举国称颂的　武汉长江大桥
是你　献给祖国的厚礼
源源不断地将金山银山
和母亲与儿子的笑声
送往大江南北　地角天边

晚年　你写了很多很多
关于桥的故事　桥的诗篇
字里行间　洋溢着
对桥的赞美　桥的期盼
你多么期望　所有的人
都来参加建桥的事情
茅老　请你放心
你的愿望　今天
已化作十三亿中国人的自觉行动
在建设和谐社会
奔赴小康的征途中　我们正全力
在人与人的心灵之间

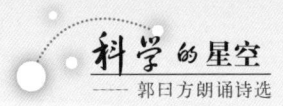

搭起友爱与理解之桥
搭起信任与帮助之桥
在海峡两岸同胞之间
搭起和平统一之桥
有了这样的钢铁大桥
我们伟大的祖国　就能够
在任何狂风恶浪之中
冲破艰险　跨向胜利的明天

啊　茅以升先生　　你能不能告诉我
修建这样的大桥
究竟需要多少桥墩
多少时间

科学的星空

在科学与民主决策的前沿阵地，
他是一位英雄
——献给梁思成院士

那一年　当故都北京的城墙
在震耳欲聋的轰鸣声中
倒塌的时候　梁思成流泪了
他突然觉得　自己就像这座
具有五百多年　厚重历史的围墙
顷刻之间　失去了生命的支撑
地安门消失了　广安门消失了
广渠门　崇文门　西直门
四十七座城楼　角楼　箭楼
统统倒下了　悲壮地倒下了
唯有前门　正阳门　德胜门
如今　还在昂着头颅　睁大眼睛
凝望着蓝天　为历史作证
啊　失去的　已经永远失去
不该发生的　但愿不再发生
站在历史　今天　和明天的交叉路口
我不知道　究竟该用怎样的目光
去丈量人类文化遗产的轻重
五千年的华夏文明　血脉相承

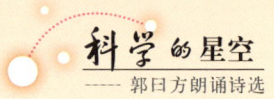

不要说天坛　故宫　万里长城
即便是一片秦砖汉瓦　一爿碑石骨针
都凝聚着劳动人民的血汗
智慧　创造　和艺术的灵感
那其中　沉淀的理性与民族精神
早已超越时空　岂止是　价值连城
此时此刻　当我穿行在楼群的峡谷
细细探寻故都昔日的面容
风　在我耳边窃窃私语
梁思成　他是一位真正的先知
是一面迎风飘扬的旗帜
在科学与民主决策的前沿阵地
他是一位坚持真理　正义
正直　无私　即使献出生命

也在所不惜的科学家和人民英雄

于是　带着深深的崇敬
我走进清华园　走近人民英雄纪念碑
久久地驻足沉思
当年　他是怀着对祖国和清华园的
赤诚眷恋离去的
天安门广场这高耸的丰碑
铭刻着他对革命烈士的敬仰
和对祖国的无限忠诚
是的　七十二年的风雨人生
英吉利也好　美利坚也好
他的梦想　他的憧憬
无时无刻不在牵挂着
紫禁城城楼的那轮明月
淡淡的月光下　那古城墙的
剪影　一次又一次唤起他
建筑设计与创造的激情
他风尘仆仆　奔波于祖国的
青山绿水之间
将中国建筑艺术的瑰丽与神韵
勾画得那样精妙绝伦　栩栩如生
周恩来总理记得　当年
毛泽东制定攻打北平的作战方案
是梁思成　在军用地图上标出了
每一座古代建筑的确切位置
他说　保护人类的文化遗产
我们共产党人　切不可掉以轻心
同样　新中国的国徽
也是梁思成　和他的学生

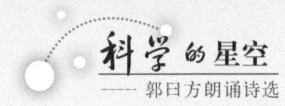

披肝沥胆　精心设计　倾注全部
智慧和心血的结晶
但是　他毕竟是一位建筑学家
一介书生　瘦弱的身躯
四十五公斤的体重　又怎能扛起
铺天盖地的狂风骤雨
在改革开放　建设和谐文明社会的
今天　我们每一个炎黄子孙
难道不该扪心自问　在发展经济
建设未来的征途中
要用什么样的实际行动　来保护
人类的生存环境　继承和发扬
梁思成敢讲真话　决不随波逐流
而坚持实事求是的精神

啊　斗转星移　风驰云涌
追随着梁思成的身影
我分明看见　一个古老而年轻的民族
正拨动长城这巨大的琴弦
向着东方　向着世界
奏响　奔赴小康的交响乐
万众一心　用热血筑成新的长城
还有什么艰难险阻　能够阻挡我们
以排山倒海之势　雷霆万钧之力
走向繁荣　走向振兴

你把一生，
毫无保留地献给了妇女儿童

——献给林巧稚院士

你是大海的女儿　鼓浪屿的波光云影
孕育着你美丽的憧憬
你是光明的使者　婴儿的第一声啼哭
伴随着你的微笑诞生
虽然　你终生未婚
却拥有世界最多最美的真爱
虽然　你没有儿女
却被千千万万个孩子　唤作伟大的母亲
你用医生的崇高天职　和博大胸襟
铸就高耸入云的丰碑
你用无私奉献　和仁爱之心
谱写彩霞似锦的人生
此时此刻　当我穿过毓园的幽径
走进你童年的故居
在花丛树阴　追寻一位伟大女性的行踪
我仿佛看到　你娇小的身影
正簇拥着孩子们天真活泼的笑脸
每一双眼睛　都闪耀着祖国的黎明

又仿佛听到　你娓娓吟唱的那首童谣
在拍抚着鼓浪屿迷人的月光
每一朵浪花　都绽放出生命的欢欣
啊　洁白的大褂　雪白的鬓发
覆盖着东方圣母的博爱
炯炯的目光　慈祥的笑容
蕴藏着"送子观音"的深情
八十二年的寒暑春秋　就是从这里
你走向妇产学研究的领域
走向无私的奉献　走向生命的永恒
此时此刻　那经久不息的涛声
忽高忽低　忽远忽近
就像一支优美动听的摇篮曲
穿越时空　向世人深情地诉说着

科学的星空

对你的永远思念　和无限崇敬

你是一位医生　一位妇产科医生
你把你的一生　都毫无保留地
献给了妇女儿童
不为良相　当为良医
是你终生恪守的信条
做一辈子值班医生
是你永不动摇的决心
在你的日程表上
没有白昼黑夜
没有春夏秋冬　案头
那电话的铃声　就是生死战场
争分夺秒的命令
你说　做一位人民的医生
不仅要医术高明
更要医德高尚　病人的冷暖
病人的苦痛　时时刻刻
都要记在心中
多少次　你把温暖的手掌
伸给分娩的产妇
让她握着希望　握着一个
新生命的来临
六十多年的杏林生涯
就是这样　你奔波在
母亲与婴儿的微笑里
时时刻刻　都在守护着
母子的生命
五万个婴儿的啼哭
是你谱写的生命乐章

你用纤纤手指
在祖国辽阔的大地天空
绘出最美最美的彩虹

我们都还记得
你在生命的最后时刻
念念不忘的　还是
要在中国建立妇产科研究中心
即使在昏迷中
还不停地呼唤着
产钳　产钳　快拿产钳
心中挂念的
依然是婴儿的啼哭
林巧稚　就是紧紧握着
那把冰凉的产钳
才微笑着　慢慢地闭上了眼睛
神态是那样安详
表情是那样从容
啊　一位伟大的医学家
就是这样肩负着对祖国的承诺
铭记着人民的叮咛
走完了　波澜壮阔的人生

大爱，使你有了山的巍峨、海的狂澜
——献给周培源院士

仿佛还在昨天　未名湖畔的晚霞
映照着你的鹤发童颜
你的话语　和爽朗的笑声
摇动着一池碧水　大师的
殷殷教诲　犹如春风化雨
润湿了学子们干涸的心田
从相对论　到湍流模式
从牛顿　到爱因斯坦
科学的天空　浩渺而高远
你的视线里　又有几多期许
几多期盼
然而　岁月无情
敬爱的周培源先生
离开我们　已经十九个春秋
天人永隔　日落月圆
隔不断的　是你的光彩千古
和天下学人　对你的深深思念

有人说　你是一座大山

离得越远　就越显得气势非凡
就像飞旋激荡的湍流
可以撼动　天地日月
而你　偏偏就要探探湍流的深浅
面对科学风云的变幻
你的目光　洞穿宇宙
至今　你的模式理论
和脉动方程　仍然被国际科技界
视为　解析流体力学的经典
难怪　就连科学巨人爱因斯坦
当年对你　也垂爱有加
你的真知灼见　为相对论的视野
廓清了一片蓝天

科学的星空

有人说　你是一条大河
在社会与科学的崇山峻岭中
奔突跋涉　任凭乱石穿空
虎啸猿鸣　不畏荆棘拦路
乱花迷眼　宁可在悬崖峭壁
被摔得粉身碎骨　依然
飞流直下　奔腾向前
你有坚定执着的目标
你有锲而不舍的信念
你有百折不挠的意志
你有求索真理的勇敢
让每一颗水珠都化作甘露
去滋润荒芜的田野
让每一道激流都迸发能量
去托举远航的征帆

其实　在我看来
你是一位真正的爱国者
九十一年的潮起潮落　云涌浪卷
世事沧桑　瞬息万变
不变的　是你的中国情结
是你　对祖国的忠心赤胆
早在战争年代　你就背负着
民族苦难的十字架
四处奔走　伴着凄风苦雨
为华夏的复兴　卧薪尝胆
在西南联大　在清华园
在北大红楼　在太湖茅庵
你为祖国培养了多少科学精英

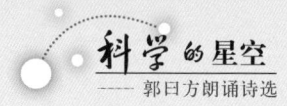

那些两弹一星功勋奖章上

有学生的心血　也有你的奉献

为科学奉献

为教育奉献

你是一根蜡烛

为祖国发展奉献

为世界和平奉献

你是一面旗帜

你的血液里流淌的

是黄河长江的乳汁

你的信仰里矗立的

是喜马拉雅的威严

爱祖国　爱人类

爱和平　爱发展

大爱无私

大爱无边

大爱　使你有了山的巍峨

大爱　使你有了海的狂澜

啊　周培源　此时此刻

当我脚步轻轻地走过

你简朴的阁楼

夕阳的余晖　在明净的玻璃窗上

仿佛　映出了先生的笑脸

谁说你已离去

你的师表风范

你的至理名言

永远　永远都矗立在我们心间

手推车的轮子，
徐缓而沉重地滚动着
——献给高士其先生

你是一位细菌学家　芝加哥
那美丽的大学校园
曾荡漾着你的青春理想
然而　你的歌声和憧憬
竟被小小的细菌扼杀
在那场生死搏斗中
它们张牙舞爪　撕破了
你的防线　用贪婪和疯狂的
毒牙　将你咬得遍体鳞伤
从此　你的大脑受损
下肢瘫痪
你的听觉失聪
视力下降
僵硬的喉舌　再也不能品尝
人间的美味佳肴
颤抖的双手　永远失去了
提举轻重的力量
你的冷暖
你的渴望

科学的星空
——郭日方朗诵诗选

只有用歪歪斜斜的文字诉说
咿咿呀呀难懂的哑语　很少有人
能听懂你的思想
但是　你的面容仍在微笑
你的心灵仍在微笑
你的理想总在歌唱
你的生命总在歌唱
你的轮椅　碾碎了半个世纪的
凄风苦雨　在人生的旅途
你用科学和诗歌
你用意志和坚强
你用雨雪风浪
你用土地阳光
唱出了一曲荡气回肠的赞歌
奏响了一部激荡山河的乐章

科学的星空

春天的花朵
孩子的笑声
在你的身边绽放
夏日的骄阳
灼热的目光
在你的眼前荡漾
嫣红的枫叶
迷人的彩霞
在你的诗句里飘动
洁白的雪花
美丽的憧憬
在你的童话里闪光
智慧飞出轮椅
理想飞出轮椅
你把科学的种子播向大地
欢乐飞出窗口
希望飞出窗口
你把生活的浪花洒进海洋
手推车的轮子
就这样　徐缓而沉重地
滚动着　滚动着
从芝加哥
从香港
从延安
从北京
从祖国的四面八方
向着你的追求
向着你的理想
缓缓地　移向生命的峰巅
移向　太阳升起的地方

人民不会忘记
——献给郭永怀院士

（男）今天，当我们在这里欢庆胜利
　　　我们不会忘记
　　　那些新中国科技事业的先驱
　　　为了实现中华民族飞天的梦想
（女）在崎岖坎坷的山路上
　　　披荆斩棘，洒下了多少心血与汗水
　　　经历了多少风风雨雨
（女）他们的名字
（男）他们的业绩
（女）他们的献身精神
（男）他们的人格魅力
（女）犹如永远熠熠生辉的星辰
　　　在茫茫的太空中
　　　闪耀得
（合）那样明亮
　　　那样绚丽……

（女）我们不会忘记
　　　一九九九年九月十八日，在人民大会堂
　　　有一位科学家
　　　曾被中央军委授予"两弹一星功勋奖章"

科学的星空

（男）但是，就在这次庄严的授勋仪式上
　　　他，却没有能够出席……
　　　他就是被祖国和人民永远怀念的科学家
（合）郭——永——怀

（男）一九五六年，回国的前夕
　　　为了冲破外国的阻挠
　　　避免有窃取军事机密的嫌疑
　　　郭永怀亲手焚烧了自己全部的科研文稿
　　　义无反顾地踏上了赤子回归的行旅
（女）面对妻子的迷惑和嗔怪
　　　郭永怀却微笑着说
　　　放心吧！所有的科研数据
　　　都深藏在我的心里……

（男）为了新中国的原子能事业

　　　他从繁华的北京，来到荒原戈壁

　　　与外界断绝了一切联系

　　　对亲朋好友也严格保密

　　　与风沙做伴

　　　与艰辛为侣

（女）他将自己的满腔热血

　　　洒在大漠深处，黑水河边

　　　用瘦弱的身躯

　　　支撑起民族的骄傲

　　　和共和国强盛的根基

（女）我们不会忘记

　　　一九六八年十二月五日

　　　那是一个寒风凛冽的晨曦

　　　郭永怀手提着核试验的文件包

　　　行色匆匆，登上了

　　　从西北基地飞往北京的专机

（男）中央首长在等待着听取他的汇报

（女）妻子在企盼着他归来的消息

（男）郭永怀俯瞰着连绵起伏的群山

　　　脸上露出了几分欣喜

（女）飞机穿越云层

　　　原野渐渐清晰

（男）两千米、一千米、五百米……

　　　突然，飞机发生了剧烈的抖动

（女）驾驶舱与地面失去了联系

（男）就在这千钧一发之际

　　　只听见郭永怀大喊一声

　　　"我的文件包！"

　　　便和警卫员紧紧地抱在一起……

科学的星空

（女）烈火吞没了机舱
　　　在农田里熊熊燃烧
（男）热血与夕阳一起燃烧
（女）大地与忠诚一起燃烧
（男）青山在垂首肃立
（女）暮云在含泪肃立
（男）有谁能够想到
　　　当人们吃力地把两具遗体分开时
（女）那只沉甸甸的文件包
　　　竟完好无损地紧紧地抱在——
（合）郭永怀的怀里！

（女）高山在呼喊：
　　　郭永怀，你不该离去
（男）大海在呜咽：
　　　郭永怀，你不能离去！
（女）妻子在哭泣
　　　永怀呀，你才五十九岁的年纪……
（男）周总理在流泪：
　　　永怀同志，你永远和我们在一起
（女）是的，郭永怀他没有离去！
（男）郭永怀他不会离去！
（合）人民的科学家
　　　永远都活在
　　　人民的心里……

（女）我们不会忘记
（男）我们不会忘记
（合）我们不会忘记！
　　　人民不会忘记！

2012年1月17日中央电视台演出稿

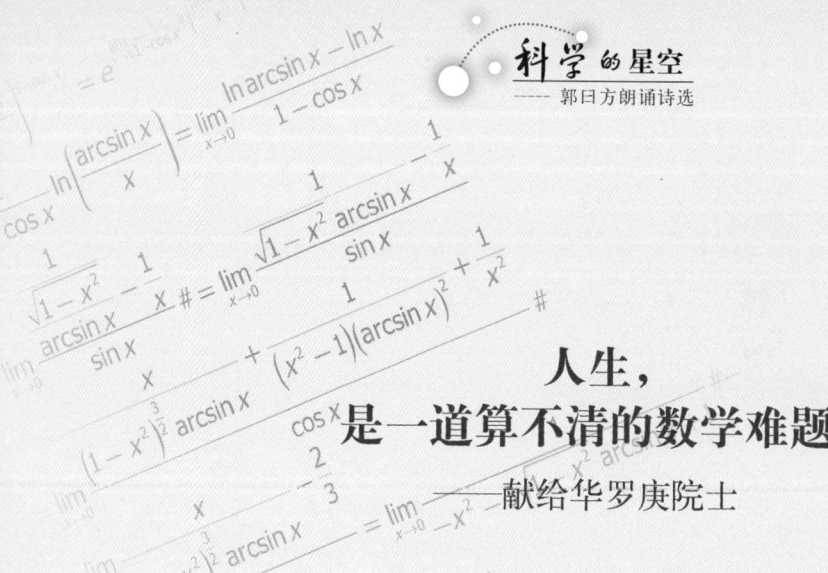

人生，
是一道算不清的数学难题
——献给华罗庚院士

有人说　人生是一道
算不清的数学难题
有爱恨交织
有生离死别
或花开花落
或春风秋雨
在喜怒哀乐　酸甜苦辣
和公与私碰撞的不等式上
任凭你怎样加减乘除
运筹解析　都给不出一个
放之四海而皆准的定义
而你　我们的数学大师
却用闪光的生命弧线
和"华氏定理"
将人生的价值
人生的意义
诠释得淋漓尽致　绚丽无比
此刻　当我们捧读着你的数论
吟诵着你的诗句
似乎　任何多余的答案
都显得苍白无力

科学的星空

你的一生
曾遭遇过　太多太多的坎坷
一贫如洗　颠沛流离的童年
曾使你　失去了上学的权利
那场突如其来的瘟疫
又使你险些丧命　从此
你的左腿　便留下终生的残疾
但是　一盏油灯
一根拐杖　却伴随着你
走上自学的道路
意志和毅力　终于使你
走向成功　走向胜利
熊庆来先生的青睐
出国留学的机遇
给你插上　搏击风云的翅膀

科学的星空
—— 郭日方朗诵诗选

经历了多少艰难跋涉

和狂风骤雨　你才最终

登上了　世界现代数学史的巅峰

你的关于"完整三角和"的研究成果

被爱因斯坦　和世界数学经典

称为举世公认的"华氏定理"

有人说　你是数学奇才

有人说　你创造了奇迹

面对赞誉　你总是微笑着说

从来就没有什么神机妙算

勤奋努力　才是取得成功的阶梯

你常说，人的生命有限

即使　能活一百岁

也不过三万六千五百二十四日而已

你愿做　一砖一瓦一根草

云水风雷争朝夕

是雄鹰　搏击长空气凌云

是骏马　驰骋原野志千里

靠着这样的精神

你珍惜生命的分分秒秒

靠着这样的勇气

你不断向生命的极限冲击

陈景润不会忘记

是你　顶着流言蜚语

将他　扶上千里驰骋的骏马

工人农民兄弟不会忘记

是你　冒着严寒酷暑

为他们传授"优选法"的真谛

科学的星空

在病榻上　你呕心沥血
整理着丢失的数学文稿
生命垂危的时刻　你惦记的
依然还是　数学方法为国民经济服务的建议
祖国的繁荣昌盛
人民的衣食住行
时时刻刻　都牢记在你的心里
你说　尽管心力竭尽
马革裹尸难期
祖国中兴宏伟
死生甘愿同依
明知体力不济　却扶轮推毂
在东京大学的讲坛
为中华民族的荣誉
和数学的骄傲　慷慨陈词
你请求大会主席
再给你几分钟　讲一讲
中日的数学交流
讲一讲　两国人民的友谊
然而　谁也不会料到
那最后的几秒钟
你的心脏却停止了跳动
世界上一位伟大的数学家
就这样　离开了我们
离开了　祖国母亲深情的呼唤
你用生命的宣言
践行了　自己对人生的定义

梦想，
化作椤梭江奔腾不息的波涛
——献给蔡希陶院士

万里迢迢
我从遥远的北方
来到西双版纳
来到美丽的葫芦岛
虽然　再也看不见蔡希陶的身影
但是　他亲手种下的那棵龙血树
却是那样枝叶繁茂
那样多姿多娇
此刻　我用双手　轻轻抚摩着
蔡希陶的墓碑　只听见
树叶沙沙作响　　它仿佛在说
蔡先生太累了　他刚刚睡着……

是的　蔡先生太累了
为了探索植物世界的秘密
他一生都在奔波　都在寻找
椤梭江的每一朵浪花知道
是蔡希陶的汗水　染绿了
这里的山山水水
小勐仑的每一寸土地知道
是蔡希陶的热血　染红了

科学的星空

这里的花花草草
五十年的风云变幻
五十年的卧薪尝胆
他用砍刀　在荆棘丛生之中
劈开了　一条通向甜蜜幸福的大道
他用生命　在瘴疠横行的地方
建起了　一座富饶的热带植物王国
如今　他就躺在这棵龙血树下
他的血液
他的汗水
与葫芦岛的热带雨林已融为一体
他的梦想
他的渴望
已化作椤梭江奔腾不息的波涛

五十年前
他是怀着蒲公英的憧憬

科学的星空
——郭日方朗诵诗选

走进西双版纳的

他说　他是一粒种子

要在这里落地生根

他说　他是一粒石子

要在这里铺路搭桥

在竹篱茅舍

在深山密林

他与鸟儿问答

在果园苗圃

在田埂阡陌

他与蜂蝶谈笑

涉过多少沟壑峡谷

闯过多少骇浪惊涛

他手提着那盏明明灭灭的马灯

穿过五十年的风雨泥泞

终于实现了　他对大自然的承诺

和对祖国的忠诚

将西双版纳的美丽与芳香

缀满傣家的每座村寨

撒向祖国的天涯海角

啊　蔡希陶　你安息吧

你亲手培育的油瓜、芭蕉

你亲手种植的橡胶、水稻

你亲手移栽的糖棕、蜜橘

你亲手播下的奇花、异草

三千种珍稀植物　都簇拥着

守护在你的身旁

那高高的望天树　也挥舞着

漫天云霞　向远方的客人
炫耀着版纳的光荣　与自豪

于是　我把脚步放得轻轻
跟随着前来拜谒的人群
缓缓走进蔡希陶的梦境
走进　蔡希陶的微笑

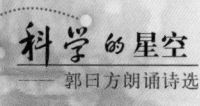

箭击长空，
他用攀星摘月的勇气写下
气壮云天的诗篇

—— 献给钱学森院士

当我们的长征号火箭
挣脱五千年的混沌
直插云天
当我们的"东方红"卫星
冲破五千年的迷茫
飞速旋转
当我们的洲际导弹
驱散五千年的阴霾
击中目标
当我们的神舟六号飞船
满载五千年的梦想
胜利凯旋
我们每个人的心中
都深藏着一个感激
一种思念
那么多的航天事业先驱
那么多的工程技术人员
为了中华民族的荣光
为了共和国的尊严

科学的星空

几十年呕心沥血
几十年卧薪尝胆
他们　付出了多么巨大的牺牲
他们　作出了多少无私的奉献

于是　我们想起了一个人
想起了钱学森　想起了这位
"新中国航天事业之父"
他用绚丽多彩的人生
和对祖国母亲的　忠心赤胆
在茫茫太空　谱写了一部
如此惊天动地的诗篇
是的　从六岁起他就用飞镖写"诗"
写飞天的梦想
写风云的变幻

科学的星空
——郭日方朗诵诗选

写父亲母亲的微笑

写冯·卡门恩师的指点

三十八岁　他就成为世界流体力学的

开路先锋　和卓越的空气动力学家

虽在异国他乡　他的笔尖下流淌着的

依然是黄河长江的波涛

和对祖国母亲的思念

当新中国的礼炮声　越过大洋

催动赤子归航的脚步

他却被美国政府投入了监狱

说什么他装着"机密资料"

说什么他是中共党员

然而　铁窗牢笼可以囚禁

他的人身自由　却锁不住

他的归心似箭

于是　他冲破重重阻挠

踏着太平洋的波涛

扑进祖国的怀抱

将"嫦娥奔月"的梦想

写进了蓝天

在他的指挥下　我国的

第一枚东风一号导弹

挟着狂风雷电　拔地而起

第一颗东方红一号卫星

载着嘹亮的歌声　遨游云天

啊　第一枚洲际导弹

啊　第一艘航天飞船

第一枚"一箭双星"

第一枚潜艇导弹……

科学的星空

曾在人类文明史上创造了
无数个第一的中华民族
今天　又在飞向宇宙的旅途
划出了　多少道美丽的弧线

啊　有太阳引路　有星星做伴
我们中国人　第一次
箭击长空　用攀星摘月的勇气
写下了　气壮云天的诗篇
你看　钱学森笑了
笑得那样开怀
笑得那样甜蜜
当祖国人民把第一枚
国家最高科学金质奖章
戴在他的胸前
他只是微微一笑　他说
一切成就归功于党　归功于集体
他只是集体中普通的一员

这就是我们的钱学森
这就是我们的科学家
在镰刀和锤头织成的党旗下
他是一位　真正的中共党员

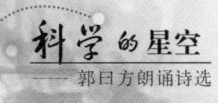

你用生命的原子核，
谱写祖国的繁荣富强
——献给钱三强院士

巴黎圣母院的钟声
和塞纳河的波光
像母亲的思念一样
温柔绵长
你一次又一次走过
法兰西科学院门前的栈桥
登上埃菲尔铁塔　遥望故乡
那湖州小镇的楼阁亭榭
那江南水乡的石径小巷
总被抗日战争的风烟遮挡
忧心如焚　多少个夜晚
空对窗前明月
祖国母亲的呼唤
和卢沟桥的枪声
总在你的耳边回响
约里奥·居里夫妇的热情挽留
法兰西的国家科学奖章
没有动摇　你的回国决心
在北平和平解放的礼炮声中

科学的星空

你终于迎来了　新中国的曙光

十一年刻骨铭心的思念
十一年科学救国的理想
都融进了"两弹一星"的蓝图
你要用原子核裂变的理论
支撑起　中华民族强国的梦想
当毛泽东在怀仁堂　与你一起
探讨原子核的构造问题
他的每一寸目光　都饱含着
对中国原子能事业的期望
他说　准备用八年时间
拿出自己的原子弹　一字千钧
领袖　那频频挥动的双手
使你　感受到肩头的重量

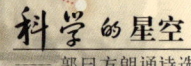

科学的星空
——郭日方朗诵诗选

周恩来总理亲自点将
由你担任"596工程"的总指挥
就这样　一场民族命运与尊严的
决战　国与国综合实力的较量
在九百六十万平方公里的土地上
打响
多少道技术难关
多少座高山屏障
面对外国的封锁　和
冷嘲热讽　你的心中
积蓄着沸腾滚烫的岩浆
就像　亿万个威力无比的
原子核　随时都会发生裂变
你率领着一批精兵强将
向着原子王国的堡垒轰击
越过了多少激流险滩
闯过了多少惊涛骇浪
万众一心　用心血和汗水
用智慧和理想
浇开了原子核裂变的花朵
终于迎来了　罗布泊上空
那一声震撼山岳的巨响

啊　那是多么激动人心的时刻
那是怎样山呼海啸的景象
当我们的战士　工人
我们的工程技术人员
冲出掩体　跃上沙丘
我们的科学家们　热泪盈眶
欢呼声　汇成滚滚春雷

乘着无线电波　传遍了
大江南北　长城内外
刹那间　变成了欢乐的海洋
而你　却抖落大漠的风尘
又日夜兼程地扑向
氢弹试验的阵地　用生命的
原子核　和全部能量
为祖国的繁荣富强
去谱写　更加壮丽辉煌的篇章

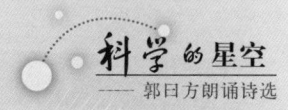

在历史的反光镜中，
你看到了科学家的使命
——献给王大珩院士

给电子显微镜装上眼睛
给激光　枪炮装上眼睛
给火箭　卫星装上眼睛
给导弹　飞船装上眼睛
是你　用明察秋毫　望穿九霄的目光
给中国龙的腾飞装上了慧眼金睛
为此　你荣获中国"光学之父"的称号
和"两弹一星"功勋的殊荣
然而　面对世界风云变幻
和超级强国的称霸　你高瞻远瞩
时时刻刻　都在关注着
祖国光学事业的发展　关注着
中华民族的振兴
虽然　你已经白发苍苍
步履维艰　却依然精神矍铄地
奔波在向科学进军的前沿阵地
用锐利的目光　探察着微观
和宏观世界光谱的行踪

科学的星空

啊　时光与年华易老
而你的追求　你的生命
却永远年轻
在你的视野里　黑暗与光明
直射与反射　高速与缓慢
停止与前进　无时无刻不在进行着
激烈较量　殊死抗争
你的理想　你的憧憬
你的热爱　你的激情
与祖国的光荣和耻辱　心心相印
与民族的欢乐与苦痛　息息相通
困难与挫折　胜利与失败
鲜花与荆棘　战争与和平
经过了　太多太多的磨难与光荣
你在历史的反光镜中

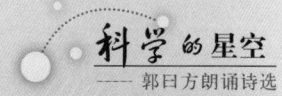

看到了一位中国科学家的
崇高职责　和神圣使命
因而　你珍惜生命的分分秒秒
给每一寸光阴　都注入了
青春的血液　和对祖国
对人民的无限忠诚

五十年前　你曾经主持筹建了
我国第一个光学研究基地
此后　在光学研究领域里开拓
在光学应用的园地里耕耘
你为新中国的光学事业
曾经建立了　多少伟绩丰功
中国的第一炉光学玻璃
中国的第一台激光器
中国的第一台大型测光装置
中国的第一次火箭发射跟踪
中国的第一个光学发展规划
中国的第一个遥感科学蓝图
都凝聚着你的心血汗水
都饱含着你的智慧结晶
其实　你关注的又岂止是五彩缤纷的
光学世界　祖国高新技术发展的
每一个领域　都牵动着你的神经
著名的"863计划"　是你
与几位科学家向中央提出的建议
邓小平迅速果断的决策
给改革开放的中国　提供了
强大的科技支撑
科教兴国　和科学发展观的战略思考

科学的星空

正把神州　这片古老而神奇的土地
装扮得如此繁花似锦　万紫千红

是的　是的　新中国风华正茂
而你　已经九十三岁高龄
但是你说　祖国年轻
你也　永远年轻

　　　　　　　　　　　　此诗完稿于2007年

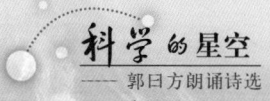

你炽热的目光，
足以融化天山的冰雪
——献给施雅风院士

如玉龙飞舞　似银河倒悬
在广袤　辽远　神秘　富饶的
青藏高原　那茫茫的群山峡谷之中
飞动着多少　蜿蜒绵亘的冰川
有人说　她的一滴眼泪
从山巅砸下来　就是一座湖泊
有人说　她的两行乳汁
从高原流下来　便是江河之源
也许在常人看来　冰川与人类的
生活相距遥远　旅游者则颔首惊叹
最多　也不过把她看作大自然
鬼斧神工　雕凿而成的绝妙景观
而你　我们的冰川地理学家
却把她看成地球资源的巨大宝库
她的喜怒哀乐　深浅冷暖
都与人类生存的环境　息息相关
长江黄河的洪水泛滥
黄土高原的风沙干旱
欧亚大陆板块的碰撞

科学的星空

世界环境气候的变迁
都烙进冰川演变的深深记忆
而人类社会的可持续发展
与冰川的研究与利用
又有着多么重要而密切的关联
于是　我们的施雅风先生
中国现代冰川研究之父
告别了　柳绿花红的江南水乡
毅然踏上西去的列车　把青春
和执着的信念　投进了
帕米尔　青藏高原　和戈壁滩
有人说　你是一棵红柳　一株胡杨
在飞沙走石中挺立
有人说　你是一棵青松　一朵雪莲
在冰刀雪剑中　傲视长天

科学的星空
------ 郭日方朗诵诗选

在我看来　你是一位时时刻刻
都关注着人类命运的伟大科学家
你炽热的目光
足以融化　天山的冰雪
你的额头　写满了光芒耀眼的诗篇

啊　半个世纪　你的足迹踏遍了
祖国的山山岭岭　大西北
四万六千六百多条　银光闪烁的冰川
都收进了你的视线
关于中国西部水电的合理开发
和山区冰雪灾害的防治
关于黄土高原水资源的利用
和中国冰川学的发展
统统是　你缜密思考的问题
那部《中国冰川目录》和
《祁连山现代冰川考察报告》
记录着当年　你们跋涉的辛酸
八十三岁高龄　你还挂着木杖
沿长江中下游　查看洪水动向
你说　居安思危　未雨绸缪
才能确保　人民的幸福平安
四千公里的跋涉　你一路上
谈笑风生　笑指波光帆影
惊涛拍岸　任凭满头银发
在风中　潇洒自由地舒卷
是的　这一生　你看惯了
雄浑的长河落日　大漠孤烟
在喀喇昆仑的巴托拉冰川
你曾指点　巴基斯坦公路走向
在南极洲的长城站

科学的星空

你曾远眺　那晚霞映照的雪山
在珠穆朗玛峰　在希夏邦马峰
在海螺沟冰川　在绒布冰川
七十五岁　你还率领冰川考察队
登上贡嘎山顶　俯瞰伟大祖国
青春焕发的笑颜

你说　搞地理冰川学研究
贵在坚持　现在年纪大了　趁着
腰板还硬　很想　为祖国的富强
再作一点儿贡献　虽然如今
已近耄耋之年　你还风尘仆仆
攀上唐古拉山口　你说
解决青藏铁路的　路基冻土问题
我们冰川地理学家
义不容辞　要勇挑重担
有人说这是世界禁区　凶多吉少
而你和你的学生偏偏就要
在这里与冻土　决一死战
亿万年的冰冻沉陷　被制服了
当呼啸的列车满载着
欢声笑语　穿越万水千山
啊　我们的青藏高原
竟是这样般　妖娆多姿　风光无限

此刻　当我也坐上西去的列车
听车轮声声　弹奏着昂扬奋进的和弦
巍巍雪山　犹如一面高悬的明镜
我分明看见　施雅风老先生
那矫健敏捷的身影　在绚丽的
晚霞中　又翻过了一座冰山

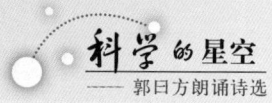

他用生命，谱写壮怀激烈的诗篇
——献给邓稼先院士

今天　有了科学技术的慧眼金睛
就可以　看穿宇宙星空的大小
就可以　探测原子基因的疑团
但是　我们却依然无法计算出
一个人生命的能量　也无法知道
一位科学家的心灵　究竟会有
多么辽阔的空间
二十八年　整整二十八年
邓稼先　中国的两弹元勋
隐姓埋名　把生命的种子
播进了　大西北浩瀚的沙漠
撒在了　辽阔的青藏高原
与风沙同行
与冰雪做伴
他用鲜血和汗水　浇灌着
祖国强盛的根基
他用科学登攀的足迹　叩响了
荒原边陲的每一座高山
这里　看不见故乡的花溪石径
听不到妻儿的殷殷呼唤

科学的星空

在他面前摇曳的　永远是
如豆的灯光　如血的夕阳
漫漫的黄沙　袅袅的炊烟
然而　在这里　就是在这里
他却用生命的灯盏　点燃了
一个民族五千年的梦想
和东方巨龙的怒吼
用原子弹　氢弹的爆炸声
向全世界宣读了　新中国的地覆天翻

一九六四年十月十六日　为了这一天
中国的第一颗原子弹爆炸成功
邓稼先　把生命的全部能量
狂飙般地倾泻在　运算图纸上

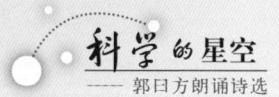

他把科学家的智慧和良知

毫无保留地倾泻在　那片高原

他知道　那每一个数字　符号

都连接着祖国人民的重托

那每一条红线　蓝线

都牵动着中华民族的尊严

有多少坚固的堡垒

有多少拦路的大山

这又算得了什么呢

科学家的责任

科学家的胆魄

就是要量一量　九天五洋的边界

就是要探一探　龙潭虎穴的深浅

没有高能计算机

没有现代化车间

没有氟油

没有高能炸药

甚至没有白馒头

没有香喷喷的大米饭

邓稼先　和他的年轻伙伴

就靠着那台　每秒运算三百次的手摇计算机

和古老的算盘

把原子反应理论运算的图纸

堆成了　一座小山

在那特殊的困难时期

窝窝头　咸菜　苦菜根

成了他们餐桌上的主食

就是靠着这样的粗茶淡饭

他们就着戈壁滩的风沙

和为国争光的坚定信念

科学的星空

一起下咽
他们殚精竭虑
他们卧薪尝胆
万众一心　要用坚硬的脊梁
撑起巍巍昆仑　和共和国明朗的蓝天
多少次冲锋陷阵
多少次引爆排险
多少次辐射伤害
多少次通宵达旦
科学家身上的每一个细胞
都凝结着　对祖国人民的款款深情
科学家身上的每一条血管
都奔流着　对科学追求的炽热情感
就是靠着这样的精神　这样的信念
他们把中国的第一颗原子弹
第一颗氢弹　送上了云霄
就是靠着这样的意志　这样的品格
他们把中华民族的光荣和自豪
升华到无限……

一颗颗原子弹　氢弹　成功爆炸
一次次火箭　卫星　直插云天
邓稼先耗尽了全部热血
点点滴滴的流淌　他竟没有
竟没有给自己留下　丝毫喘息的时间
一九八六年　六十二岁的邓稼先
被癌症的魔爪　无情地击倒了
弥留之际　他还惦念着中国的"863计划"
他说　他的事情还没有做完
凝视着床头那盆盛开的马兰花

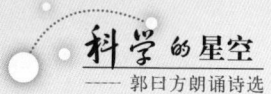

他强忍着泪水　笑了笑
便合上了双眼
妻子在耳边呼唤
战友在耳边呼唤
罗布泊在远方呼唤
昆仑山在远方呼唤
邓稼先　你醒一醒　醒一醒吧
你看一看　再看一看吧
亲人　守在身边
祖国　守在身边
但是　邓稼先太累了　一生的劳累啊
任凭千呼万唤
此刻　他再没有一点力气
睁开那明亮的双眼
突然　他微微颤动着嘴唇
断断续续地　只留下一句话
"为了它，我死而无憾。"
啊　此时此刻　我不知该用什么语言
赞美这位中国的奥本哈默
赞美一位伟大的科学家
邓稼先　他用自己的全部生命
和对祖国的庄严承诺
为中国龙的腾飞　写下了一部
壮怀激烈　千古传诵的诗篇

碧血红花，簇拥着你的微笑
——献给彭加木先生

本来　你可以在杏花春雨的江南
看绿肥红瘦　听渔歌唱晚
本来　你可以在千帆竞发的海湾
看日出日落　听惊涛拍岸
但是　你却毅然踏上远行的列车
西出阳关　将你的满腔热血
和壮志豪情　倾洒在浩瀚的戈壁荒漠
黄土高原

楼兰古城　为什么永远消失
丝绸之路　为什么变成荒原
罗布泊　都隐藏着什么秘密
塔里木　曾发生过哪些变迁
面对西部大开发的一道道难题
你多么渴望能尽快找到答案

十五次进疆
十五次探险
十五次艰难跋涉
十五次穿越风烟
你用奋力攀登的足迹

科学 的 星空
----- 郭日方朗诵诗选

去丈量祖国人民的期待
你用追求真理的标杆
去探测沧海桑田的深浅
你说　你已经下定了决心
要撩起"魔鬼三角区"的神秘面纱
你说　即使让骨灰化为泥土
也要揭开　罗布泊千古不解的谜团

于是　你就像战士冲出战壕
让风沙击退你对亲人的思念
汽车轮子碾碎了无数拦路的顽石
油灯点燃了多少个不眠的夜晚
以帐篷为家
你像胡杨一样顽强
与盐壳做伴
你像柽柳一样勇敢

科学的星空

你的足迹
在大漠深处书写论文
你的汗水
在黄土高原挥洒诗篇
塔里木河的浪花
打湿过你的衣袖
博斯腾湖的帆影
舒展过你的笑颜
阿尔金山的雪峰
闪耀着你的理想
柴达木的沙丘
绵延着你的奉献
任何艰难险阻
都挡不住你前行的脚步
无论怎样坎坷崎岖
你都决心要登上　那光辉的顶点

也许　是你的执着
激怒了沉睡的荒漠
也许　是你的刚毅
惹恼了冷酷的冰川
穿越了无数次生与死的较量
在挺进罗布泊的考察途中
你和你的队友
又一次遭遇"死神"的挑战
风沙进逼
热浪围困
汽油耗尽
饮水喝干
在生死抉择的重要关头

你毫不犹豫地选择了
红旗下入党时的誓言
生的希望　留给别人
死的危险　自己承担
于是　便悄悄地留下一张纸条
"我去东边找水。彭。
一九八〇年六月十七日上午十点。"
上午十点　历史将永远
铭记着这一刻时钟摆动的声音
一位中国人民的忠实儿子
肩负着神圣的使命和责任
走向了东方
走向了太阳升起的地方
走向永远的追求
走向共产党员坚贞不渝的信念
就这样　你一步一步地
走进了罗布泊的心脏
走进了　一位科学家生命的终点

啊　彭家木　你的热血
已经渗进了泥土
渗进了　西部大开发的旗帜
渗进了朝霞　渗进了明天
明天　在英雄殉难的地方
我们终将看到
一片片沙漠绿洲
一丛丛碧血红花
簇拥着你的微笑
在灿烂的阳光下
会绽放得更加美丽　更加娇艳

科学的星空

一生的心血，都揉进了"杂交水稻"的芳香
——献给袁隆平院士

寻寻觅觅　一生都在寻觅
寻觅收获　寻觅希望
寻觅连年饥荒之后　那瓜果飘香的原野
寻觅金灿灿的稻浪之上　那炊烟袅袅的村庄
于是　你拎起草帽　挽起裤腿
你踏着泥泞　涉过水塘
在纵横交错的田畴里　栽满青春的梦幻
也播下少年时光　对土地痴情的向往
你总在企盼着　那连绵起伏的峰峦
能在一夜间　化作堆金砌玉般高耸的粮仓
寻觅着　就这样艰难地寻觅着
四十年花开花落
四十年雨露风霜
四十年披星戴月
四十年追赶阳光
虽然　你的面颊被岁月沧桑
刻满了深深的皱纹　却始终无怨无悔地
用肩头那条毛巾

科学的星空
——郭曰方朗诵诗选

把一生劳动的汗水　泪水　血水和泥水
统统揉进"杂交水稻"的芳香

如今　当斑驳灿烂的阳光
透过云层　在你的草帽上翩翩起舞
我看见　遍野金黄金黄的稻穗
全都沉甸甸地垂下头来
一起朝向大地　朝向东方
朝向袁隆平　鞠躬致敬
打谷场上　那吱吱扭扭旋转的风车
也都敞开了嗓门　为你放声歌唱
我看见　面对欢呼的声浪　簇拥的鲜花
和太阳一样金光闪耀的奖章
你没有沉醉于巨大的荣誉　和丰收的喜悦
却神情专注地站在阡陌

科学的星空

站在祝贺的目光中　任凭漫天晚霞
染红你紫铜色的脸庞
我看见啊　手执着那把心爱的小提琴
你正在深情地演奏《蓝色的多瑙河》
琴弦上跳动的　还是那支《行路难》的旋律
和《梦幻曲》那优美动听的交响

啊　袁隆平　我们的"杂交水稻之父"
我们的"泥腿子科学家"
是怎样神奇的目光
使你　踏破"天涯海角"
最终发现了　那棵将被铭记的"稻败"
是什么神奇的力量
使你　竟把贫瘠荒芜的土地
变成了美丽而富饶的鱼米之乡
是什么样的灵感
使你　谱写出"稻菽千重浪"的诗作
是什么样的激情
使你奏响了"遍野稻花香"的乐章
袁隆平笑了
笑得是那样谦和
袁隆平笑了
笑得是那样豪放
面对记者连珠炮似的提问
你说　搞科学研究　就像跳高
跳过一个高度　又有新的高度挡在前方
不经过水深火热　是很难出成果的
知识加汗水加灵感再加机遇
这就是我取得成功的秘方
成功　只能代表过去

未来的道路　　还很长很长

是啊是啊　　此时此刻
似乎一切都用不着多说　　用不着多说啊
只要看一看
你那顶遮挡风雨的草帽
你那双开满茧花的手掌
和那张水稻基因谱的宏伟蓝图
就足可以掂量出　　一棵超级"杂交水稻"
在你心中的分量

三十年的心血汗水，凝聚成一座宏大的育种工程
——献给李振声院士

童年　他对胶东那片土地
一往情深　但是它长出的
却是连年的兵荒马乱　荒芜贫困
蝗虫　黄沙　黄土地　与黄淮海
把天空涂成了一片昏黄
连父辈的烟袋锅　吱吱点燃的
也都是青黄不接　和黄河的呻吟
多少个暗夜黄昏　他的梦都被风
染成了黄色　那一望无际的胶东大地
一夜之间　竟被金灿灿的麦浪
铺满了黄金
啊　童年的梦幻
就像一粒金黄金黄的种子
孕育着开花的渴望
伴随着泪水浸泡的岁月
在黄皮肤的少年心上
落地生根
就是怀着这样的梦想
他走上了黄土高原

科学 的 星空
------ 郭日方朗诵诗选

在杨凌三十年的农业科研生涯
他餐风饮露　为炎黄子孙的丰衣足食
无私无畏地　献出了多彩的青春

有人说　李振声这位大科学家
朴实厚道　就像一个普通的农民
看一看　他那长满老茧的手掌吧
每一道掌纹　都记录着雨露风霜的艰辛
然而　就是在这样的茧花和掌纹里
却长出了共和国的遍地粮仓
那纵横交错的纹络　就像沟渠田埂
编织着一位科学家的壮志雄心
我们都还记得　小麦条锈病
在黄河流域疯狂施虐的年代
那狡猾的病菌　穿着黄色的甲胄

科学的星空

铺天盖地　　向着千里沃野大肆入侵
顿时　　丰收的喜悦便化为苦涩的泪水
枯瘦的阡陌　　就像一道道抚不平的伤痕
啊　　一个似乎无法解决的世界难题
使无数天才的科学家们　　忧心如焚
李振声　　多少次怅望蓝天
在苦思冥想　　该用什么方法
去击溃　　条锈病如此猖狂的进攻
于是　　他卷起裤腿　　戴上草帽
踏遍了黄河两岸的山山水水
突然　　在茫茫草原发现了一棵长穗偃麦
那抖动的锋芒　　如同利剑直刺苍穹
它不怕干旱　　不惧热风
面对条锈病毒的张牙舞爪
却临风而立　　就像一位英雄好汉
敢于阻挡百万雄兵
李振声不禁喜形于色　　轻拂着麦穗
他想到了基因　　想到了染色体
一个小麦远缘杂交的伟大构想
在他的心中轰轰烈烈地诞生　　假如
假如能够　　让普通的小麦与偃麦结婚
它们的后代基因　　将会表现出怎样的品性呢
多少个日日夜夜
多少次废寝忘食
三十年的心血汗水
终于　　凝聚成一座小麦染色体育种的
宏大工程
如今　　看黄河两岸　　麦浪滚滚
听柳树梢头　　蝉吟鹂鸣
小偃六号麦田　　犹如抖开的金色绸缎

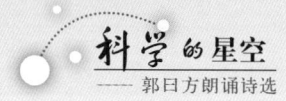

　　随风舞动着农民兄弟爽朗的笑声

　　李振声酷爱书法　　他分明是用如椽大笔
　　在蓝天大地　　书写出对祖国的热爱与忠诚
　　他说　　科学的论文永远没有终结
　　攀登的道路永远没有止境
　　虽已八十二高龄　　他仍在思考着中国人的
　　吃饭问题　　中国人不仅应该而且能够
　　自己养活自己　　一位农业科学家
　　深深懂得肩负的责任与光荣
　　于是　　他又全力投入小麦光合效率
　　及光合产物优化的研究课题
　　我们相信　　在全民奔赴小康的征途上
　　李振声　　将用他的智慧和豪情
　　为祖国的新农村　　画出更加绚丽多彩的风景

科学的星空

你把生命的热血，注入了机器人的梦想
——献给蒋新松院士

没有想到　那次倾心的交谈
竟成了　我们的永诀

那天夜晚　月光如水
你滔滔不绝地给我讲述着
国家"863计划"的构想
和中国机器人的发展战略
你说　其实你很喜欢足球
也很喜欢音乐　文学
艺术　体育　和科学的本质
就在于持之以恒　创造超越
假如有一天　能给机器人
插上翅膀　让它
九天揽月　五洋捉鳖
中国的现代化
就会从毛泽东的诗篇里
走向世界
记得那时　你抬头望着
圆圆的月亮

曾与我击手相约
你说　等到梦想成真
我们再举杯邀月
与李白同酌　看我辈
仰天长啸　该会怎样的
扬眉吐气　壮怀激烈

就是带着这样的豪情壮志
你走进了水下机器人
走进了　中国机器人产业开发的视野
暗礁　潜流
挡不住你赴汤蹈火的脚步
狂风　怒涛
摧不垮你劈波斩浪的腾越

科学的星空

潮涨潮落
花开花谢
你把生命的热血
点点滴滴　都注进了
机器人的构想
你将闪光的智慧
毫无保留地　献给了
祖国自动化的伟大事业
海人一号的首航成功
瑞康四号的产品系列
记载着你科学探索的荣耀
六千米水下机器人的凯旋
满载着你"五洋捉鳖"的喜悦
一声令下　中国的机器人
犹如"哪吒闹海"潜入激流
或打捞沉船　或深水探测
或寻找矿藏　或大坝作业
机器人的胆略　机器人的敏捷
为中国科学技术的光辉史册
揭开了新的一页

啊　蒋新松　大海可以作证
蓝天可以作证
为了中国机器人的诞生
多少个通宵达旦
多少年呕心沥血
你以松的坚强
你以松的高洁
你以松的风骨
你以松的气节

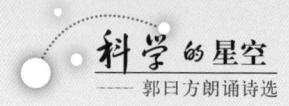

面对冷嘲热讽　　怀疑误解
依然百折不挠　　坚持不懈
你说　科学与祖国
是你永远的依恋和追求
贝多芬《英雄交响曲》的旋律
和李白"飞流直下三千尺"的诗句
将伴随着你的理想　　你的事业
向着坎坷崎岖的山路攀越

如今　你实践了自己的诺言
当中国的机器人　　怀抱着五星红旗
浮出夏威夷的海面
我仿佛看到　　你指挥的这支钢铁大军
又雄关漫道　　踏上了新的台阶

一个中国人的名字，被写进世界数学史的经典
——献给陈景润院士

哥德巴赫猜想　那是一座

多少天才数学家　都无法逾越的高山

山上　云蒸霞蔚

山下　飞瀑流泉

数论王国皇冠上的那颗光彩夺目的明珠

使多少勇敢的攀登者　望眼欲穿

爬上　摔下　摔下　爬上

二百多年的花开花落

二百多年的月缺月圆

或如履薄冰

或如临深渊

有多少人被摔得粉身碎骨

梦断黄泉

竟没有能够最终登上　它的最高峰巅

但是　他们的科学精神永存

任何艰难险阻

都无法阻挡他们　一往直前的信念

你看　那是谁　沿着荆棘丛生的山路

在狂风骤雨中　像一只凌空翱翔的海燕

他驾着长风的翅膀
他劈开乌云的狂澜
把一座座巍然耸立的巉岩险峰
甩在身后　他面前
横空出世的群山　犹如
一朵朵迎风怒放的雪莲……

是的　那就是我们的数学家陈景润
正怀着一览众山小的气概
向着哥德巴赫猜想的峰巅
奋勇登攀
他的身材是那样矮小瘦弱
他的笑容是那样谦卑腼腆
他的意志却坚如磐石

科学的星空

他的理想如阳光般灿烂
多少次风餐露宿
多少个彻夜无眠
多少回涉过激流
多少次跨过深渊
他终于完成了　令举世震惊的冲刺
将那颗璀璨耀眼的宝石
戴在了自己的胸前
森林在振臂欢呼
大海在高声呐喊
啊　会当凌绝顶的瞬间
竟是那样风光无限
此刻　陈景润却说
他是在用数字　符号　定理　公式
逻辑和推理写诗
那一张张密密麻麻的数学运算稿纸
就是他闪耀着创新思维光芒
和富有奇特意境的宏伟诗篇
陈景润还说　他长得很丑
就像一只丑小鸭
但是　就是这只"丑小鸭"
摇摇摆摆　从六平方米的斗室
和昏暗的灯光下飞出
在霹雳闪电的轰鸣中
羽化成一只搏击风云的雄鹰
自由自在地翱翔在祖国的蓝天
从此　又一个中国人的名字
被赫然醒目地　写进世界数学史的经典

在鲜花　和欢呼的声浪中

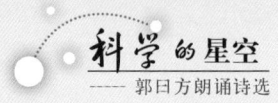

陈景润的目光　又投向了远方
他说　我的任务　绝不是陶醉于
成绩和荣誉之中
攀登科学高峰　就像登山运动员
攀登珠穆朗玛峰
要克服无数艰难险阻
懦夫和懒汉　是不可能享受
喜悦和幸福的

虽然　陈景润在攀登的途中
不幸英年早逝　但是
他留下的肺腑之言
给我们　也给后人　留下了
值得永久珍藏的深深思念……

他的名字,感动了中国
——献给钟南山院士

只要　一提起钟南山这个名字
人们的心中　便涌起一种感激
一份　深深的敬意
他是一位医生　一位人民的医生
他是一位战士　一位勇敢的战士
在抗击"非典"　那场特殊的战斗中
他的名字　曾经感动了中国
甚至　感动了整个世界
一个中国人　在民族的危难时刻
挺身而出　面对病魔的猖狂进攻
又一次　用他的聪明才智
和献身精神　击退了封锁和死亡
为胜利的曙光　升起了
一面光辉的旗帜

没有喧嚣浮躁
没有豪言壮语
在巨大的荣誉面前
他却虚怀若谷　谦卑自律
他说　因为他是一名医生
患者的利益高于一切

科学的星空
——郭日方朗诵诗选

全心全意为人民服务
是他的信念　他的天职
他说　他是一名中共党员
在任何艰难困苦的条件下
把自己的本职工作做好
就是最大的政治
当然　他还是一位杰出的科学家
在科学攀登的征途上
他坚信　要想取得成功
就必须　实事求是　追求真理
正是这样的信仰　这样的品德
使他　敢于挑战权威　力排众议
提出了防治"非典"的有效方案
正是这样的良知　这样的勇气

当"非典"病毒　幽灵般在地球的
每一个角落游荡
钟南山　就像一座保护人民安康的
铜墙铁壁　他甚至不顾个人安危
对患者　进行面对面的检查
在生死存亡的危急时刻
他总是把生的希望　送给别人
把死的危险　留给自己
正是这样的情操　这样的人格
使他　对祖国永远忠心赤胆
在人民最需要的时候
便毫不犹豫地冲锋陷阵　无所畏惧
多少个日日夜夜
他给患者送去希望的微笑
多少个通宵达旦
他搜索着"非典"病毒的踪迹
多少期待的目光
在注视着他的身影
多少痛苦的呻吟
在缠绕着他的思绪
与时间赛跑
他闯过了　一个个激流险滩
与死神抗争
他踏平了　一道道坎坷崎岖
他像一只海燕
在狂风骤雨中展翅翱翔
他是一道闪电
撕开了那铺天盖地的云翳
是人民的嘱托
给了他　信心和力量

是祖国的呼唤

给了他　智慧和勇气

团队的协作

亲人的鼓励

探索未知的决心

科学攀登的痴迷

终于　使他斩荆披棘

以超人的气概和毅力

奋勇登上了　成功的阶梯

如今　当胜利的旗帜

飘扬在祖国的蓝天

钟南山这个名字

已镌刻在　人民的心里

此时此刻　我们看见

这位人民的科学家

又挺直腰板　抖落征战的风尘

昂首挺胸地　走向新的阵地

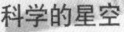
科学的星空

你眼前耸立的,是数字与符号密布的丛林
——献给王选院士

寒意袭来　未名湖畔
再也看不到　你缓缓移步的身影
我不相信　一位推动
当代中国汉字印刷革命的先驱
就这样步履匆匆地　走完了
他的精彩人生

那是三十五年前　一个深秋的黄昏
我们在北京大学的校园　曾一起探讨
汉字激光照排的发展远景
你的眉头紧锁　目光炯炯
每一句铿锵的话语　都掷地有声
你说　你的最大苦恼是
有人不相信　淘汰铅字印刷的
历史变革　会由中国人自己完成
于是　你以中国科学家的
大智大勇　和无私无畏
穿越十八年的苦风凄雨

科学的星空
―― 郭日方朗诵诗选

就像一位　冲锋陷阵的战士
奋不顾身地　扑进战争
没有闲情逸致　去玩赏春花秋月
没有假日节庆　去游览山川美景
每天　都在图像图形的迷宫里
逡巡穿梭
都在纷繁交错的汉字点阵里
纵横驰骋
那分明是一场短兵相接的巷战啊
你眼前耸立的　是数字和符号
密布的丛林　一点点　哪怕是
一点点失误　就会陷进深潭泥沼
犹如当年红军　面对雪山草地
冒着炮火硝烟　进行的两万五千里长征

科学的星空

多少次山回水转
多少次柳暗花明
多少次功亏一篑
多少次濒临绝境
都没有动摇你决战决胜的信念
却一次又一次　催动你向着远方
那科学高峰奋勇挺进的雄心
要让中国的激光照排系统
占领国际市场　为推动社会进步
和高新技术的发展　贡献智慧
要让中国的印刷业　永远告别
那铅与火的年代　昂首阔步
跨进　光与电的憧憬

曾有流言蜚语
曾有冷嘲热讽
说什么　一个无名小卒
竟异想天开地　要跳过日本　美国
搞什么第四代激光照排系统
那不过是玩弄骗人的数字游戏罢了
依中国的技术条件和人才储备
实现这个目标　就犹如白日做梦
然而　他们却怎么也不会想到
王选　正是这位当年名不见经传的王选
一位普通的科技攻关尖兵
率领着一支　无坚不摧的年轻团队
向着自主创新的目标　突围
他们以百折不挠的毅力
众志成城的决心　竟一举夺下
汉字印刷革命的胜利成果

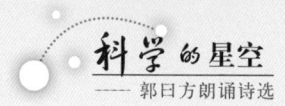

用光与电的"交响乐"　向全世界证明

别人能做的　我们同样也能够做

外国人不能做的　我们中国人

不但能做　而且可以做得好上加好

做得精益求精　做得精美绝伦

有人说　王选改写了一个时代

你是当代当之无愧的毕昇

有人说　王选是汉字激光照排之父

是中国汉字印刷革命的奠基人

你却微笑作答　成功属于过去

我只是一个过时的科学家

实现印刷革命的最后成功

还要走　很长很长的路程

建设创新型国家

迎接知识经济时代的挑战

需要千百万科技工作者的努力

面对激烈的国际竞争　我们

每一个年轻的科学家　都肩负着历史

赋予的艰巨而光荣的使命

没有想到　甚至我们不敢相信

凶残的病魔　竟这样无情地夺去你的生命

噩耗传来　北京大学校园震惊

全国震惊　你的灵堂庄严肃穆

只见　安睡在百花丛中的王选院士

紧闭着双眼　仿佛还在筹划对未来的憧憬

你说　你有十个梦想

你只完成了一个　还有很多很多未竟心愿

只能交给他人　继续完成

此刻　当我们深深地鞠躬

科学的星空

向你　作最后的道别　你可听到
激光照排机汇成的响亮音符
如山呼海啸般席卷着祖国大地
王选　一路走好
一路走好——

此诗2006年4月29日在中宣部、教育部、团中央、全国学联、北京市联合举办的首都大学生"我与祖国共奋进"的诗歌朗诵会上，由电视连续剧《长征》中周恩来的扮演者刘劲朗诵。

你把每一寸光阴,都交给
　祖国的光学事业

——献给蒋筑英先生

那是一个初夏的晨曦
你拖着沉重的病体　去成都
参加全国的光学会议
你走得太匆忙了　办公桌上
还摆放着　你翻译的光学手稿
和那份像质评价规划
实验室里　那两台
刚刚进口的光学仪器
还盼望着你调试分析
你没有留下任何叮嘱
甚至　来不及给远方的妻儿
捎去一句　埋藏在心里
太多太多的歉意
就这样　你步履匆匆地走了
在阳光与星光的交替中
追随着光的变幻　光的足迹
把自己四十三年的春风秋雨
和每一寸光阴　都交给了
祖国光明的未来

科学的星空

和你　对光学事业的
追求与执迷

但是　你留下的却很多很多
没有任何精密的光学仪器
能够测量出　你建树的丰功伟绩
我们不会忘记
是你　率领科学攻关的战斗集体
攻克了　光学传递函数测量的难关
是你　成功地研制出中国的第一台
高精度光学测量仪器
是你　迎着"十年浩劫"的
狂风骤雨　编制出
《彩电图像校色矩阵的最佳程序》

是你　亲自主持全国的光学会议
编写了　电视变焦距镜头的技术标准
使光学的检测精度　竟然达到了
一根头发丝的万分之一
你东奔西跑　踏遍了祖国的
山山水水　在天南地北
到处都留下　你艰辛跋涉的足迹
为中国的光学企业　提供咨询
为中国的电视电影　流汗出力
为中国的进口仪器　鉴定检测
为中国的光学设备　绘图设计
你的心中　始终装着国家
装着集体　唯独没有装着
积劳成疾的自己
你说　一个人活着
总该有个信仰　不能只是
想着自己　为了自己
为了他人　你曾主动放弃了提职申请
为了他人　你曾自愿退出分配的新居
为了他人　你一次次谢绝奖金酬谢
为了他人　你一次次帮助解决难题
啊　每一个同事　都铭记着你的关心鼓励
每一页日历　都记载着你的深情厚谊
谁也不会想到　一个朋友
一个兄弟　一位平凡而伟大的中年科学家
竟这样步履匆匆地　走向了远方
走完了　艰难曲折而又光芒四射的
人生轨迹

科学的星空

此时此刻　当我们肃立在你的灵堂
呼唤着你的名字　凝视着你的遗像
多少人泣不成声　一些白发苍苍的老人
鞠躬诀别时　竟抬不动沉重的步履
蒋筑英　虽然你已经离去
但在人们心中　一代中国知识分子的楷模
你就像一面鲜红鲜红的旗帜
闪耀着太阳般灿烂的光芒　正从
东方的地平线上　徐徐升起

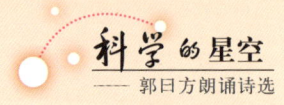

为民族的伟大事业添砖加瓦，
你感到无比幸福

——献给韩启德院士

温文尔雅　庄重沉稳
博学谦逊　平易近人
既有江南水乡人的聪慧睿智
又有黄土高原人的豁达胸襟
尽管　在医学研究领域
取得举世瞩目的成就
你最关心的　却永远都是
国家与民族的命运
你说　为民族的伟大事业
添砖加瓦　感到无比幸福
要做的事情很多很多
搞科学研究　切忌浮躁
和急功近利　最需要的
是要有崇高的人文精神
啊　对祖国和人民的款款深情
对科学孜孜不倦的探索追求
其实　就是你取得巨大成功的
强大动力　和真正原因

科学的星空

从黄浦江畔　　到黄土高原
从大洋彼岸　　到未名湖滨
你心中牵挂的
总是华夏的伟大复兴
沿着崎岖的山路
向着光辉的峰巅　　你奋勇攀登
以骄人的科研成果　　赢得
国际学术界的一致称颂　　关于
肾上腺素受体亚型研究的证明
关于心血管神经肽的病理学说
为保护人类的健康　　开拓出
幸福光明的前景　　但是
你没有忘记　　陕北的窑洞里
那一双双殷切期盼的目光

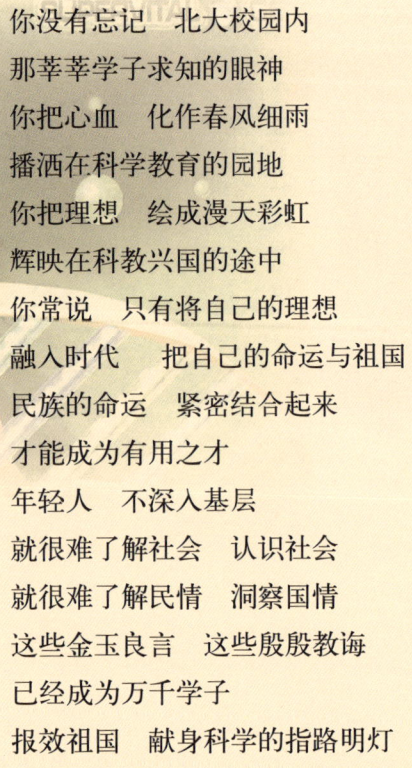

科学的星空
----- 郭曰方朗诵诗选

你没有忘记　北大校园内
那莘莘学子求知的眼神
你把心血　化作春风细雨
播洒在科学教育的园地
你把理想　绘成漫天彩虹
辉映在科教兴国的途中
你常说　只有将自己的理想
融入时代　把自己的命运与祖国
民族的命运　紧密结合起来
才能成为有用之才
年轻人　不深入基层
就很难了解社会　认识社会
就很难了解民情　洞察国情
这些金玉良言　这些殷殷教诲
已经成为万千学子
报效祖国　献身科学的指路明灯

如今　你走上国家科技发展的领导岗位
最关心的还是　学风与道德建设
和全民科学素质的提升
你曾多次呼吁　科学研究
呼唤创新的人文精神
是的　一个人要有健康的体魄
更需要　有一颗健康的心脏
健康的心灵　当密布全身的血管
热血　滋润着生命的绿荫
道德　良知　和谐　奋进
五千年优秀的文化传统
那才是一个国家　一个民族
走向繁荣昌盛的灵魂

科学的星空

实现小康　建设创新型国家
构建社会主义和谐社会
犹如一幅绚丽多彩的画卷
祖国的科学发展　和民族振兴
又如山呼海啸般　撞击着
当代中国人的心胸

啊　韩启德　我知道
你对乒乓球运动　情有独钟
此时此刻　当我凝望着
你挥动球拍的矫健身影
顿时　便有一种伟大的力量
在周身奔流　升腾
仿佛觉得　这广袤的地球
也就像　一张巨大的乒乓球台
中国人　正在奋起腾飞的
东方巨龙　任凭风云变幻
只要　目不转睛地盯住奋击的目标
在国与国　智慧和力量的竞技场上
那美丽的弧线　就必将在我们手中
划出闪光的轨迹　总有一天
全世界的观众　都将齐声喝彩
看吧　中国得分　中国取胜

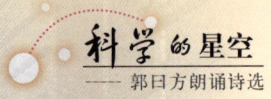

长风破浪，
你坚信目标就在前方
——献给白春礼院士

曾是一位下乡知青
草原的月亮
辉映过你青春的理想
曾是一位卡车司机
人生的坎坷
负载着你求索的方向
荒原的辽阔
给了你骏马的坚韧
风沙的猖狂
给了你雄鹰的翅膀
变幻着的云　或者
变幻着的声响
以及　雨雪风霜
都不能阻挡
你科学攀登的脚步
面对　云遮雾障
和　天堑险途
你总是乘风破浪
你坚信　目标就在前方
道路就在前方

科学的星空

四十多年的艰难跋涉
和心血汗水的流淌
你终于　在美丽的科学城里
采摘到丰收的喜悦
和醉人的芳香

你痴恋着科学
眷恋着祖国
曼哈顿摩天大楼的尖顶
遮不住你远眺的目光
故乡的炊烟
在你的心头缭绕
草原的白云
在你的眼前飘荡

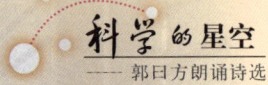

沉甸甸的美金
被你换成科研仪器
踏着太平洋的波涛
你风尘仆仆地
回到了家乡
在研究所的地下室
你开始了我国第一台
扫描隧道显微镜的研究
那扫描探针显微镜系列
一举荣登　六项国家发明专利金榜
在纳米科技领域
你不愧为领军的帅才
为我国高新技术的发展
倾注了　自己的全部力量
如今　你在中国科学院院长的
岗位上　又在全力推动着
"创新2020"的实施
问政于民　问需于民　问计于民
你以战略家的目光
瞄准国际前沿　和国家需求
精心制定方略　规划森林
让树木自由生长
你多么渴望　一切优秀的
年轻科学家　为了祖国科学的
振兴　责无旁贷地去挑起
科教兴国的大梁
与年轻人谈心　你是他们的
知心朋友
同留学生交往　你是他们的
学习榜样

你的人生感悟　你的憧憬向往
你的杰出成就　你的人格力量
鼓舞着千千万万当代青年
走上　献身科学的道路
就像一面光辉的旗帜　为他们
指引着前进的方向

啊　白春礼　站在时代的前列
你总是这样告诫年轻人
环境　道路　给每个攀登者
都提供了机遇　只有依靠勤奋
去努力奋斗　才会有成功的希望
那么　让我们的年轻科学家
都追随着你的足迹　你的身影
在祖国的大地上　谱写出
无愧于时代的　动听乐章

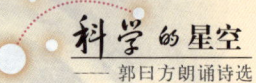

为祖国的未来而飞，
为人类的未来而飞

——献给航天英雄杨利伟

儿时　我曾经无数次仰望星空
心中　充满对嫦娥奔月　女娲补天
后羿射日　以及鹊桥相会
那些神话故事的憧憬　真的很想很想
长大了　我也能插上一双鹰的翅膀
飞向蓝天　去搏击万里风云
我还很想很想知道　哪里才是
宇宙的边界　在那遥远的星空
究竟还有没有人类居住的家园
银河两岸　是不是也有鸟语花香
农舍阡陌　和那弯弯的彩虹
儿时的梦幻　伴随着我成长的脚步
但是　做梦都没有想到有一天
我们中国人　一个名字叫做
杨利伟的中国人
竟然　在二〇〇三年十月十五日
把中华民族五千年的梦想
用神舟五号飞船的闪光轨迹
写上太空　六十万公里　二十一小时二十三分
这气壮山河的诗句

科学的星空

每一个数字　都凝聚着光荣与自豪
和航天员对中华民族的承诺
也闪耀着一位中国军人
对祖国航天事业的无限忠诚
当鲜花　掌声　欢呼的声浪
淹没你出舱时灿烂的笑容
当航天英雄的桂冠　捧在你的手中
你说　感谢祖国和人民的培养
光荣属于祖国　光荣属于人民
光荣属于千千万万个航天人
啊　杨利伟　真的很羡慕你
我同样很想知道　一位中国航天英雄
成长的故事　坚强的意志　品格
和献身精神　究竟是怎样炼成

科学的星空
—— 郭日方朗诵诗选

于是　我走进你的著作《天地九重》
去寻找答案　在繁花似锦的文苑蹊径
我终于发现　为祖国而飞的梦想
始终都伴随着　你四十三年的坎坷旅程

少年时代　你在渤海岸边看海鸥翻飞
听海涛轰鸣　即便是那远去的帆影
也会唤起　你展翅飞翔的憧憬
在第八航校　每一次飞行课目
你都是第一个单飞　一次又一次
你以高超的技能　气盖山河的胆魄
飞出咱中国军人的壮志雄风
此后　你驾驶矫健的战鹰
几乎飞遍了祖国山山水水
亲吻每一片蓝天　每一朵白云
战友们都还记得　当年在艾丁湖上空
你驾驶的战机正在超低空飞行
只听"砰"的一声巨响　一台发动机
突然停车熄火　飞机侧滑着身子
摇摇晃晃向下俯冲　在这千钧一发之际
你靠着一台发动机　艰难地将飞机
缓缓拉起　又从五百米的高空
飞回机场　稳稳地将战鹰停在机坪
就是这样　你用坚忍不拔的意志
精细严谨的作风　完成多次超常飞行任务
无数次狂风骤雨的锤炼　终于
造就你高贵的品质　凝聚成彪炳史册的
杨利伟的精神　杨利伟的军魂
你说　在飞天的征程上　不仅
充满了艰辛　风险也时刻存在

科学的星空

许多勇士　还为此付出了生命
探索太空　是航天员的神圣使命
作为一名军人
就是要　时刻准备奉献和牺牲
你还说　祖国要我首飞　我义无反顾
这崇高的使命　和爱国热情
就像一台高速运转的发动机
时时刻刻　都燃烧在你的心中

啊　杨利伟　为祖国的未来而飞
为人类的未来而飞　飞出地球
飞向太空　飞向宇宙的每一个角落
我们中国人　必将追随着你的足迹
去抒写和平利用宇宙空间的诗章
我多么希望有一天　在中国的太空站
与你促膝而坐　畅饮着桂花美酒
听你讲述嫦娥奔月的故事
讲讲航天人的趣闻轶事　当然
也要讲讲咱们的黄河　长江　长城　故宫
经历的岁月沧桑　一个穿越苦难的民族
是怎样巨龙般腾空而起　在每一个星球上
都留下中国的骄傲　中国的光荣